지옥

가스파르 코에닉 지음
박효은 옮김

L'Enfer
지옥

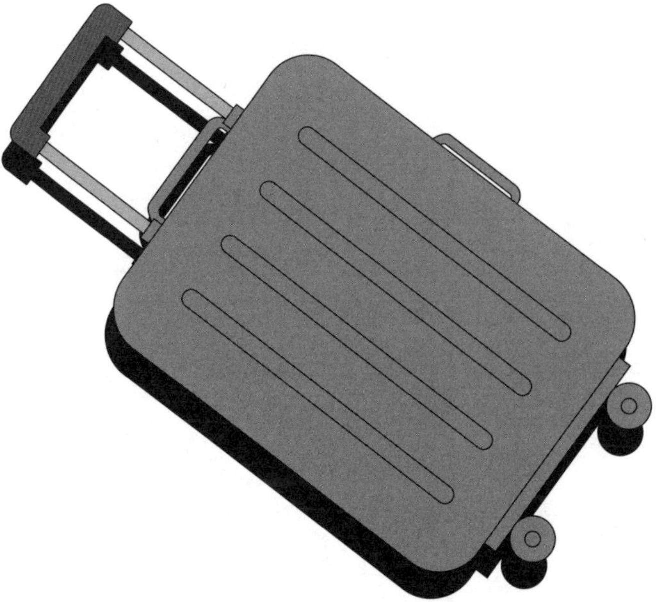

시프

차례

1장

우리네 인생길 한가운데서
올바른 길을 잃고서 난
다시금 어둠의 숲에 처했네
단테, 《신곡》 제1곡

처음에는 빛 때문에 눈이 부셨지만 이내 적응이 되자 안개 너머로 그의 실루엣이 보였다. 나는 조각구름을 휘적거리며 앞으로 나아갔다. 솔직히 말하면 그를 가까이서 봤을 때 적잖이 실망스러웠다. 내 상상 속의 그는 토스카나 단체 여행 때 봤던 미켈란젤로의 조각상 같은 모습이었기 때문이다. 수염 난 얼굴에 구불구불한 머리카락이 흘러내리고 풍성한 토가를 걸친 그런 조각상 말이다. 나는 적어도 그가 조금은 품위 있는 태도로 정중한 인사를 건네며 망자의 노고를 위로해줄 것이라 기대했다. 그러나 내가 마주하고 있는 이는 남루한 차림에 초라하기 그지없었다. 또 가느다랗고 둥그런 안경 뒤에 숨겨진 매서운 눈초리는 영화 〈쉰들러 리스트〉의 유대인 회계사를 닮아 있었다. 그는 서류를 들여다보며 내 이름을 중얼거렸다.

별로 긴장되지는 않았다. 나의 죽음은 나의 삶만큼이나 평범하기 그지없었기 때문이다. 내 생각이지만 나는 이른 나이에 흔하디흔한 병으로 흔하디흔한 죽음을 맞았다. 호상이라기에는 너무 젊었고 닥쳐온 불운을 비극으로 끝내지 않기에는 너무 노쇠했다.

나는 내세 따위에 관심을 가질 여력이 없었다. 사람들의 생각과 달리 임종이 가까워오면 오히려 죽음을 진지하게 성찰하기 어렵다. 진료니 치료니 수술이니 병문안이니 도무지 경황이 없기 때문이다. 간이 소변기를 제대로 비워놓지 않거나 너무 차가운 튀레를 주는 간병인들 때문에 나는 늘 신경이 곤두서 있었고 누구보다 더 치졸하게 되갚아줄 방법을 강구하곤 했다. 더구나 통증 때문에 나는 후일을 생각할 여력이 없었다. 나는 내게 고통을 주기 위해 가학적으로 지정된 것 같은 간격에 맞춰 모르핀을 복용해야 했다. 그러고 나면 머릿속이 하얘졌다. 늘 그런 식이었다.

이런 상태로 어떻게 죽음을 '준비'할 수 있겠는가? 복통으로 너덜너덜해진 육신에도 최소한의 현명함이 깃들 수 있다고 누가 감히 말할 수 있겠는가? 죽음에 관한 온갖 진부한 통념들은 모두 산 자들이 퍼트린 것이리라. 내가 이 글을 쓰고자 결심한 이유도 바로 그 모순을 깨뜨리기 위해서다.

회계사는 자그마한 검정 가죽 수첩에 무언가를 적으면서 장부를 한 장씩 찬찬히 넘겼다. 보아하니 계산을 하는 것 같았다. 복잡해 보이는 계산에 몰두한 그는 이따금 펜을 들고 미간을 찌푸리기도 했다. 그는 굳이 그런 성가신 일을 할 필요가 없었을는지도 모른다. 자부하건데 나는 46년의 결혼 생활 동안 단 한 번도 아내를 두고 한눈을 판 적이 없었다. 대학교수로 부임한 후 처음 몇 년간은 여학생들로부터 많은 유혹을 받았고 그중 몇몇은 꽤나 과감하기까지 했으니 이 정도면 칭송받아 마땅하지 않은가. 내가 느끼는 양심의 가책을 느끼지 않는 교수들도 여럿이었다. 아니, 그건 양심의 가책이 아니라 행동에 옮기는 것을 두려워하는 비겁함이었는지도 모른다. 고백하자면 나이가 들어가며 후회가 늘어가는 그만큼 그것을 표현할 수 있는 기회는 점점 줄어들었다. 어쨌거나 좋든 싫든 나는 아내와의 신의를 굳건하게 지켰다. 더구나 약물이나 도박에 손을 댄 적도 없었고 월급 전부를 가족의 생활비와 하나뿐인 아들의 교육비에 기꺼이 할애했다. 결혼기념일을 축하하기 위해 고급 와인 몇 병을 샀던 것만 빼면 과소비를 하지도 않았다. 일에 있어서도 소임을 다해 학술 연구 논문을 발표했고 웬만큼 명성을 얻으며 착실히 경력을 쌓아갔다. 동료 교수들의 논문을 표절한 적도 결코 없었다. 컨설팅 회사에서 경제 분석을 대가로 돈을 받거나 대중매체에 등장해 노스트라다무스라도 되는 양 예언가 노릇을 하는 교수 사회에 물들지 않으려 나는 부단히 애썼다. 몹시 노여워하는 회계사를 보며 생각하건대, 나의 삶에서 조금이라도 이해관계가 상충되는 부분을 찾으려 한들 찾을 수가 없을 것이다. 물론 딱히 인용 표기를 하지 않고 박사 논문 준비생의 연구를 인용해서 쓴 적은 몇 번 있다. 그것까지 없다고는 하지 않겠다. 하지만 어쩌랴. 그것이 대학의 룰이다. 각자 자기 차례가 있는 법이다.

회계사는 '잠깐'이라고 웅얼대더니 느닷없이 사라져버렸다. 나는 휑뎅그렁한 공간에 홀로 남겨졌다. 안

개가 걷히고 다이아몬드 같은 섬광이 번쩍여 눈이 부셨다. 그러자 내 인생에서 손에 꼽을 정도로 드문 사건들 중 하나가 떠올랐다. 그날, 우리 가족은 스키장에 가는 도중 눈보라를 만나 도로에서 옴짝달싹하지 못했다. 온 천지가 하얗게 뒤덮여 우리가 있는 곳이 어딘지도, 앞뒤도, 위아래도 분간할 수 없는 지경이었다. 세상의 음영이 사라지니 중력도 사라져버린 듯했다. 백색 단색화로 변해버린 지면 위에서 무중력 상태가 이런 느낌일까 하는 생각이 들었다. 나는 도로에서 이탈되지 않으려 이내 조심스럽게 차를 멈췄다. 뒷좌석에 앉아 있던 아들이 울고불고 난리를 피웠지만 나는 애써 침착함을 유지했다. 십여 분이 지났을까, 이런 상황을 경험해본 듯한 육중한 지프차 한 대가 극장 영사기 같은 전조등을 번쩍이며 내 차가 서 있는 곳에 이르렀다. 덕분에 나는 그 차의 후미등에 바짝 붙어 다시 출발할 수 있었다. 도로도 보이지 않고 경로도 모른 채, 단 몇 미터라도 놓치면 사라져버릴지 모르는 적색등 두 개에 의지해 비디오 게임을 하듯 운전을 했다. 가족과의 일상에서도, 논문을 쓸 때도, 매일 반복되는 수업에서도 오랫동안 일어나지 않았던 생명을 위협받는 상황에 놓이니 핏줄이 솟아 관자놀이가 불끈불끈 뛰었다. 물론 말이 안 되지만 안개가 이 세상을 완전히 집어삼키기라도 한 듯했다. 지옥의 파수꾼일지도 모를 이 지프차가 나를 어디로 데려가는지 누가 알겠는가? 그러나 얼마 안 가 다시 도로가 나타났고 나는 안도했다. 그 일은 몇 년 동안 가족 간의 대화에서 빠지지 않는 단골 레퍼토리가 되었다. 내게는 악몽이었지만 말이다.

이곳에는 나를 구원해줄 지프차가 없겠지만 이상하리만치 마음이 평온했다. 음영이 사라진 이 백색의 공간에서 등받이 없는 나무 의자가 유일한 지표였다. 지평선이 없는 이 기이한 공간에서 나는 균형을 잃을까 매 순간 주의를 기울이며 한 발짝씩 조심스레 의자에 다가갔다. 의자는 닳아서 마모되어 있었다. 나는 의자에 앉을까 말까 망설였다. 성인들의 동상이나 농가에서 볼 수 있는 나무 식탁처럼, 의자에는 그곳을 거쳐 간 사람들의 흔적이 남아 있었다. 수천, 수백만의 엉덩이가 닿았던 의자는 두 개의 변기 모양으로 패여 반들반들 윤이 났다. 의자의 양옆 부분은 의자에 앉은 사람이 불안해하며 움켜쥐거나 땀을 흘리거나 초조하게 두드렸던 탓인지 울퉁불퉁 굴곡이 져 있었다.

얼마나 많은 요절한 망자들이 이 의자에 앉아 자신의 삶을 되돌아봤을까? 이 의자는 얼마나 많은 범죄와 거짓과 기만을 묵묵히 듣고 있었을까? 해를 거듭하고 시대를 거듭하며 인류가 저지른 온갖 악행은 의자의 모양을 변하게 했으리라. 나는 조심스레 의자에 앉았다. 의자 다리가 조금 흔들리는 것 빼곤 구조가 꽤 견고했다. '참나무로 만든 게 틀림없다'고 생각했다. 나는 딱히 죄를 고백할 만한 것이 없었기 때문에 그저 순수하게 상념에 빠졌다. 손에 땀도 나지 않았다. 나와 같은 죽음만 있다면 이 의자는 앞으로 천년은 더 버틸 수 있을지도 모른다.

마침내 회계사가 만면에 미소를 띠며 돌아왔다. 그가 나를 똑바로 쳐다봤다.

"이제야 해결이 됐네요. 기다려주셔서 감사합니다."

"별말씀을요!"

"선생님 기록부는 아주 간단했는데 왜 이렇게 오래 걸렸는지 모르겠네요. 우리 시스템이 최신식이 아니기는 하지만……."

"신경 쓰지 마세요. 저도 학생기록부를 관리해봐서 잘 압니다. 기계가 하는 일이 다 그렇죠……."

회계사는 딱하게도 상관들에게 호되게 질책을 받은 듯했다. 의기소침해진 모습을 보니 내 기록이 최고 책임자에게까지 보고된 눈치였다. 내가 나서서 특별 대우를 요구하지는 않았지만 그래도 명색이 대학교수였는데 그만한 대우는 받을 만하지 않은가?

"기다리게 해서 정말 죄송합니다."

"저에게는 영원이라는 시간이 있는데요 뭐, 아시잖아요!"

내 말에 그가 웃어 보였다. 비로소 긴장이 풀린 모양이었다. 나는 그를 성가시게 하고 싶지 않았다. 얼마나 넌덜머리 나는 일이겠는가. 적고 또 적는 일. 분류하고 선별하고 분배하는 일. 몰이해와 불평과 항의에 대응하고 또 대응하는 일. 나 역시 답안지를 채점하거나 논문심사위원을 하면서 40년 동안 일상적으로 그런 일을 해왔다. 내가 내렸던 결정들은 그렇게 큰 영향력이 없기는 했지만. 회계사는 이제 최종 결정을 내려야 했다. 그렇게 큰 중압감을 견디며 그의 성격도 변했으리라. 나는 그의 우유부단한 태도를 비난하고 싶지 않았다.

"저쪽으로 가세요." 내 오른편으로 손짓을 하며 그가 입을 떼자 나는 비로소 마음이 놓였다.

그가 가리키는 쪽을 봤지만 눈에 들어오는 것이라고는 온통 새하얀 풍경뿐이었다. 뒤를 돌아봤을 때 그는 이미 사라지고 없었다. 나는 섣불리 그를 찾아 나서지 않았다. 어설피 몇 걸음을 떼었다가 길이라도 잘못 드는 날엔 방향을 잃고 헤맬 것이 뻔했기 때문이다. 나는 최대한 곧게 앞으로 나아가려고 애쓰면서 길을 나섰다. 한 걸음씩 발을 내디뎠지만 러닝머신 위를 걷는 듯 전진하고 있다는 느낌이 전혀 들지 않았다. 그래도 계속 걷는 수밖에 다른 수가 있겠는가? 온통 새하얀 무(無)의 세계가 느껴지자 극도의 불안감이 몰려왔다. 얼마나 이렇게 걸었을까? 일 분, 한 시간, 하루, 일 년? 도무지 가늠이 되지 않았다. 근육통도 느끼지 못할 만큼 사지가 마비된 느낌이었다. 실체가 없는 이 공간에서 시간마저 사라져 버린 듯했다. 주기적으로 스치는 상념들로 그나마 시간을 인식할 수 있었다. 무너지지 않기 위해 나는 억지로라도 생각을 떠올렸다. 일생을 빈틈없이 합리적으로 헤아리며 살아왔던 내가 아니던가.

"흰색이 갑자기 검은색이 됐네." 문득 내가 큰 소리로 말했다는 것을 깨달았다. 심연이었다.

2장

나 홀로 험난하고 고통스러운
방랑의 길 떠날 채비를 했다네
내 기억이 그 모든 것을 다시 떠오르게 하리라
《신곡》 제2곡

거의 다 온 것 같았다. 차츰 내 몸의 무게가 느껴지기 시작했기 때문이다. 내 발이 한층 단단한 땅을 딛고 있다고 느끼는 동시에 등줄기에서는 땀이 흘렀고 머리가 지끈거렸다. 돌덩이처럼 무거운 다리 때문에 나는 몸을 주체하지 못해 비척거렸다. 주춤거릴 때가 아니었다. 나는 이것이 천국의 영원한 지복(至福)을 만끽하기 전에 치러야 할 최후의 고난이라 생각하며 안간힘을 다했다. 그때 백색 단색화에 균열이 일어나며 크림색 얼룩과 회색 그림자, 그리고 불규칙한 선들로 이루어진 대리석 무늬가 생겨났다. 몸에서는 경련이 일어났지만 동시에 흥분과 호기심을 억누를 수 없었다. 나는 견딜 수 없이 뜨거운 열기 속으로 걸음을 재촉했다.

목적지가 가까워오자 문득 내 앞에 기다리고 있는 것이 무엇일지 현실적으로 생각하게 되었다. 가족과 휴가를 보내려고 예약한 에어비앤비 숙소가 사이트에 소개된 사진과 다르면 어쩌나 하는 불안감이 별안간 엄습할 때처럼 말이다. 현재로서 나는 그곳에 대해 빈약하기 짝이 없는 신학 지식에서 쥐어짜낸 극히 단편적인 정보만을 알고 있을 뿐이고, 혹여 그곳이 맘에 들지 않는다고 해서 에어비앤비에서 하듯 예약을 취소할 수도 없는 노릇이었다. 슬며시 걱정이 앞섰다. 코란에서 자랑스레 내세우는 72명의 처녀•가 나를 맞을지도 모른다 생각하니 덜컥 겁이 났다. 나의 성생활은 이미 몇 해 전에 자연스레 끝나버렸고 진주같이 커다란 검은 눈동자의 후리들이 내게 달려드는 것도 전혀 내키지 않았다. 나는 차라리 그곳이 목가적 풍경에 봄날이 영원히 이어지며 새들이 지저귀는 엘리시온 평야 같은 곳이었으면 좋겠다

• 이슬람교에서는 순교자로 죽어 천국에 가면 72명의 천상의 처녀 '후리Houri'를 얻을 수 있다고 약속한다.

고 생각했다. 수십, 수백억 년 동안 포도송이를 따야 한다면 지긋지긋하기는 하겠지만!

내가 보기에 기독교에서 말하는 에덴동산 역시 진정한 천국이라 하기에는 너무 심오하고 고통스러운 곳 같았다. 게다가 뱀이라면 나는 아주 질색이었다. 어떻게 영원히 하나의 금기를 깨뜨리지 않을 수 있단 말인가? 그것은 통계학적으로 불가능하다. 영원이라는 타임라인에서는 별의별 일들이 다 일어날 수 있다. 그러나 나는 찬밥 더운밥 가릴 처지가 아니었다.

저 멀리에서 규칙적이고 느리게 통통대는 소리가 들려와 생각이 흐트러졌다. 그 소리는 마치 일정한 간격으로 연못에 물을 쏟아내는 시시오도시• 소리 같았다. 나는 비구름이 몰려왔나 생각하며 주위를 둘러봤다. 아니었다. 그런데도 소리가 점점 더 크게 들려왔다. 그 소리는 누군가 지면을 탕탕 두드리는 것처럼 아래쪽에서 들려왔다. 그제야 나는 그것이 내가 발걸음을 옮길 때마다 울리는 소리였다는 것을 깨달았다. 내가 매년 열리는 '엄정한 경제학자' 모임에 참석할 때마다 신었던 가죽 구두

• 대통에 물이 차오르면 물을 쏟아내며 대나무끼리 부딪히는 소리가 나는 일본식 대나무 물레방아

를 영안실 직원이 신겨준 모양이었다. 그 구두 굽에서 나는 특유의 소리는 늘 내 신경을 거슬리게 했다. 그런데도 나는 기쁨에 온몸이 떨렸다. 구두 굽 소리가 난다는 건 내가 실재하는 단단한 지면 위를 걷고 있다는 반증이었다. 그리고 그 소리가 울려 퍼진다는 건 소리가 부딪혀 튕겨져 나오는 어떤 경계가 있다는 말이었다. 무(無)의 세계 한복판에 그 무언가가, 벽들이, 하나의 문이, 생이 있다니!

백색 음영이 점점 더 도드라지더니 나를 둘러싼 공간에 균열이 생겼다. 그리고 내가 걷고 있는 길 양옆으로 크림색 선과 반짝거리는 체크무늬가 나타났다. 한편 짙은 농무 속에서는 대리석 같은 바닥이 드러났다. 그리고 천장에 일정한 간격으로 설치된 조명에 불이 켜졌고 그 덕분에 나는 내가 앞으로 나아가고 있다는 느낌을 받을 수 있었다. 그곳은 사실 수영장이나 병원의 복도와 비슷했다. 그러더니 거무스름한 점 하나가 별안간 내 앞에 나타났다. 500킬로미터 떨어진 먼 곳에서 산을 볼 때처럼, 1미터 떨어진 곳에서 보는 그 점은 한 마리 파리처럼 보였다. 나는 이내 그것이 땅바닥에 놓인 기다란 검은 리본이라는 것을 알아차렸다.

나는 계속 앞으로 나아갔다. 시간은 본래의 제 속도로 흘러갔고 그렇게 되자 몸에서도 약간의 통증이 느껴졌다. 너무 딱딱한 구두에 조여 있는 발이 아파오기 시작했다. 편안한 등산화가 너무나 간절했다. 그러면서 나는 내가 허기를 느끼고 있다는 사실을 문득 깨달았다. 혹시 몰라 주머니를 뒤져봤지만 사탕 한 알조차 없었다. 사후 하데스에서의 긴 노정을 위해 하인과 식량, 심지어 반려동물까지 함께 매장한 이집트인들이 현시대의 장의사들보다 더 현명했다는 생각이 절로 들었다.

⚜

30여 분이 흘렀을까, 나는 어느새 끝이 보이지 않는 무빙워크 앞에 서 있었다. 그 위에 발을 디디면 다시는 빠져나올 수 없을 것 같았다. 그러나 이곳에 대해 전혀 아는 바가 없는 나로서는 어쨌든 가장 빠르고 편한 길을 선택할 수밖에 없었다.

천장 조명등이 잇달아 지나가는 속도를 보니 내가 앞으로 나아갈수록 무빙워크의 속도도 빨라지는 듯했다. 현기증이 날 정도였다. 무빙워크가 갑자기 멈추기라도 하면 반동으로 튕겨 나와 벽에 부딪힐 것 같았다. 이토록 박진감 넘치는 죽음이라니, 상상 이상이었다. 허나 이제 와서 무엇을 두려워하랴? 나는 이미 죽어 땅속에 묻힌 신세인데. 그저 앞으로 나아가는 수밖에.

목이 마르고 배가 고픈 데다가 발에는 물집까지 잡혔다. 시간의 개념이 되돌아오자 괴로운 상황도 다시 시작되었다. 이곳에 뽑혀 온 모두가 이런 유별난 시련을 겪어야 했을까? 이 시련을 겪고 나면 이후에 맛보게 될 행복이 배가 되는 것일까? 나의 얕은 상상력으로는 가늠이 되지 않아 나는 내가 발표했던 마지막 연구 논문을 떠올렸다.

퇴직을 하고 오랜 기간 와병 중에서도 나는 학술 활동을 멈추지 않으려 애썼다. 솔직히 말해 나이가 들며 나의 논조는 한층 더 신랄해졌다. 배려해야 할 동료도, 지켜야 할 명성도 더 이상 남아 있지 않았기 때문이다. 희한할 만큼 또렷하게 기억나는 그 논문에서 나는 여러 방정식에 근거해 대세로 자리 잡은 소비자의 '인지편향'에 관한 주장을 반박했다. 나는 '행동경제학'이 날로 득세하는 것이 영 마뜩잖았다. 행동경제학은 몇 가지 모호한 심리학적 개념을 내세워 인간이 아주 작은 자극에도 좌지우지되는 어린애 같은 성향을 보인다고 주장한다. 만약 정말 그랬다면 시장은 우리가 아는 경쟁과 혁신, 그리고 사회적 이동성을 창출하는 기능을 갖지 못했을 것이다. 꼰대처럼 보일지 몰라도, 나는 아직도 인간이 의식적이고 합리적인 선택을 하는 호모에코노미쿠스라고 믿는다. 시카고학파였던 나는 일부 이론적 수정이 불가피하기는 했지만 지난 50년간 전 세계적으로 삶의 조건을 막대하게 개선시킨 신자유주의의 기본 원리가 여전히 유효하다고 믿었다. 교육, 먹거리, 보건, 또는 교통 분야의 진보를 우리 조부모 세대가 봤다면 아마 기절초풍했을 것이다. 그런데도 요즘 젊은이들은 불평만 늘어놓는다. 기근도, 문맹도, 전쟁도 한 번 겪어보지 못했으면서! 나는 내 논문을 통해 사실상 지각 있는 소비자, 즉 책임감 있는 경제주체의 개념을 부활시켰다. 생각해보면 그것은 나의 학술적 유언이었을지도 모른다. 그 논문을 두고 분명 의견이 분분했을 텐데, 그걸 지켜보지 못하고 죽음을 맞은 것이 못내 한스러웠다. 내가 가르치던 대학원생들의 얼굴이 절로 떠올랐다! 죽기 전에 그들에게 제대로 한 방 먹일 수 있었는데.

무빙워크의 속도가 점차 느려졌다. 온통 붉은색 옷

을 입은 여인의 실루엣이 눈앞에 나타났다. 여인은 전형적인 안내원의 유니폼과 비슷한 투피스를 입고 있었다. 나는 본능적으로 셔츠를 바지 속에 주섬주섬 정리하고 얼마 남지 않은 머리카락을 손으로 빗어 내렸다. 상냥해 보이는 승무원은 팔짱을 낀 채 무빙워크 바깥에서 나를 기다리고 있었다. 그녀는 스무 살쯤 돼 보였다. 눈 밑에 난 점이 안달루시아 지방 여인 같은 매력을 풍겼다. 얇은 입술에 마른 몸매인 북유럽 출신 아내와 오랫동안 결혼 생활을 해왔던 나는 드러내놓고 말하지는 못했지만 예전부터 지중해 지방 여인들의 아름다움을 늘 동경해왔다. 나는 그녀의 가슴 쪽으로 시선을 두지 않으려고 자못 점잔을 떨었다.

"어서 오십시오!" 그녀가 내게 짧은 인사를 하며 리본이 묶인 작은 상자를 건넸다.

그러더니 앞서 회계사가 그랬듯 순식간에 사라져버렸다. 나는 '여기 사람들은 참 이상하다'고 구시렁거렸다. 그때부터 나는 생전에도 늘 봐왔던 복도를 걸어갔고 그곳은 형언할 수 없는 생기가 감도는 듯한 로비로 이어졌다. 나는 상자의 리본을 풀었다. 내가 아내의 생일마다 선물한 향수 같은 것이 들어 있을 법한 상자였다. 그러나 상자를 열자 그 안에는 광택이 감도는 고급스러운 회색빛의 작은 물건 두 개가 놓여 있었다. 바로 내 이름으로 된 신용카드와 어디에 쓰는지 모를 마이크로 칩이었다. 천국에도 첨단 기술이 있다니! 신께서도 시대의 흐름을 따라가고 있다는 것이 반가웠다. 나는 이 멋들어진 환영선물을 주머니에 집어넣고 포장지는 마침 가까이에 있던 쓰레기통에 버렸다. 몇 걸음을 더 걸어 나는 로비로 들어갔다. 드디어 사후 세계가 어떤 곳인지 보게 될 것이다. 그러나 한 가지는 이미 확실했다. 천국과 지옥, 그리고 그에 관한 온갖 미스터리를 묘사했던 작가들은 우리를 완전히 기만했다는 사실이다. 실제로 저승은 생각보다 훨씬 더 익숙하고 훨씬 더 불가해한 곳인 듯했다.

3장

깊은 잠에 빠져 있다 벼락 소리에 놀라 깬 나는
간신히 잠에서 깬 사람처럼
다시 나의 길을 떠나기 시작했네
《신곡》 제4곡

공항이었다. 나는 내 눈을 의심했다. 면세점이며 항공사 카운터, 캐리어를 끌고 걸음을 재촉하는 여행객들, 환승을 기다리며 후줄근한 모습으로 의자에 늘어져 있는 피곤에 절은 사람들까지, 여느 공항과 다를 바가 없었다. 붉은색 유니폼을 입은 직원들이 여기저기서 분주하게 움직였다. 운항 현황판에는 5분 간격으로 백여 곳이 넘는 도시를 취항하는 항공편이 표시되어 있었다. 회계사와 이곳 직원들의 위트가 느껴졌다. 하늘나라에 가려면 비행기를 타라니!

그렇게 걷고 또 걸었으니 당연히 꾀죄죄하고 후줄근했겠지만 나는 피곤하기는커녕 오히려 가뿐한 느낌이었다. 아드레날린 때문인 듯했다. 사람들이 나를 흘끔거리며 쳐다봤다. 모두가 우아하게 차려입거나 최소한 깨끗한 새 옷을 입은 듯했다. 천국에 왔으니 보다 신성한 생각을 했어야 하지만 나로서는 샤워를 하고 옷을 갈아입는 것이 급선무였다.

나는 망설이다 한 안내원을 불렀다. 그녀 역시 앞서 만났던 안내원처럼 무척 상냥했다. 안달루시아 여인의 매력을 풍기는 안내원의 얼굴에서 봤던 점이 그녀의 얼굴에도 있었다. 물론 그 점은 그보다 조금 더 아래 광대뼈에 있었지만, 저절로 눈길이 갔다.

"카드를 못 받으셨나요?" 그녀가 놀라며 물었다. "다른 카드를 준비해드리겠습니다."

"아니, 받았어요……."

"그럼 이제 쓰시기만 하면 됩니다!"

"그런데……."

내가 그토록 주창했던 예금 제도를 정작 나 자신은 한 번도 제대로 활용하지 않았던 것이 후회로 다가왔다. 내 예금 계좌에는 쇼핑 카트 세 대를 가득 채우고 지불

할 만한 잔고가 없었다. 게다가 나는 그나마 내 유일한 자산이라 할 수 있는, 25년 상환 조건으로 구입한 시내 중심가의 방 세 개짜리 집을 아내에게 유산으로 남겨주고 말았다. 이런 상황이 올 줄 누가 알았겠는가?

"아, 걱정하지 마세요!" 내가 당황스러워하자 안내원이 말했다. "여기서는 무제한으로 카드를 쓰실 수 있으니까요."

"무제한으로요?"

"여기서는 다 그런걸요." 짐짓 생색을 내며 그녀가 대답했다.

나는 어안이 벙벙했다. 그렇게 끊임없이 돈을 찍어낼 수 있는 천국의 중앙은행은 도대체 어떤 곳이길래? 무한히 증가하는 수요를 공급이 어떻게 떠받친다는 말인가? 이것이야말로 돈이 마르지 않는 화수분이 아닌가…….

"샤워를 하고 싶으시면 표지판을 따라가시면 됩니다." 그녀가 나를 흘끗 보며 말했다.

나는 고개를 들었다. 정말로 이승의 공항보다 훨씬 더 많은 픽토그램 표지판이 사방에 설치되어 있었다. 표지판에는 화장실이며 식당, 마사지숍, 꽃가게, 수영장,

극장, 나이트클럽, 시계 수선실, 이탈리아 포장음식 판매점 등 온갖 곳이 표시되어 있었다. 공항을 나가지 않고도 평생을 그곳에서 보낼 수 있을 것만 같았다! 모든 것들을 보고 싶고, 하고 싶고, 알고 싶다는 생각에 슬그머니 조바심이 났다. 아이러니하게도 살아서 해보지 못했던 것들을 죽어서 할 수 있게 된 것이다!

나는 우선 D45-D97 탑승구 바로 옆에 있는 유명 브랜드의 양복점에서 암청색 양복을 한 벌 맞추기로 했다. 내 취향은 꽤나 고상했지만 내 월급으로는 이것저것 가릴 처지가 못 되었다. 천국에서는 값비싼 명품, 유명 브랜드, 그리고 무게감이 전혀 느껴지지 않는 고급 원단을 실컷 걸쳐볼 수 있었다. 양복점의 재단사는 즉시 나를 맞아주었다. 어깨뼈 사이에 살짝 튀어나온 곱사등 때문에 그는 계속 허리를 숙이고 있었다. 나는 주머니 모양, 단추 두께, 깃 넓이를 마음껏 선택했다. 뿐만 아니라 바지 위에 바로 단추를 채워 메는 가는 가죽 끈으로 된 멜빵까지 과감하게 골랐다. 나는 17세기 네덜란드 가내수공업에 관한 역사 다큐멘터리를 보며 기다렸고 양복은 한 시간 만에 완성되었다. 나는 정중하고 깍듯한 대접을 받았다. 그리고 그 기분을 즐겼다. 내가 가르치던 학생들은 바느질이 우는 내 양복을 항상 놀려대곤 했다. 그 애들이 예의를 차리며 숙연하게 '고(故) ○○교수님'의 논문을 언급할 때, 지금 내 모습을 볼 수 있었더라면……. 마지막 가봉을 할 때 나는 젊은 애들처럼 경중대고 팔을 휘저으며 훌륭하게 재단된 양복의 이곳저곳을 확인해봤다. 주름 하나 없었다. 흠잡을 데 없이 완벽했다. 재단사는 나를 거울 앞으로 데리고 갔다. 바지의 다트는 깔끔했고 어깨선도 완벽하게 떨어졌다. 나는 내 얼굴을 확인하기 위해 걱정스런 마음으로 고개를 들었다. 거울 속 내 모습은 어떨까? 누렇게 뜨고 쩍쩍 갈라져 금방이라도 바스라질 듯한 얼굴일까? 아니면 데스마스크 같은 얼굴?

나는 금방 내 얼굴을 알아봤다. 얼마나 다행인지. 그대로의 나였다. 그러나 이상하게도 내 얼굴은 마치 멀리서 찍은 사진처럼 어슴푸레해서 늙은 건지 젊은 건지 분간이 되지 않았다. 거울에 가까이 다가가보기도 했지만 소용없었다. 초점이 맞춰지지 않았다. 내 얼굴 곳곳이 구별되지 않아 도저히 묘사를 할 수도 없는 지경이었다. 그러나 나에게 꼭 맞는 표현이 있었다. 아내가 말했던 것처럼 의뭉스런 얼굴이었다. 아내는 늘 그렇게 별스럽게 애정을 표현했다. 그러나 아내의 말이 옳았다. 나는 평생 사람과 사물을 음흉하게 바라봤다. 내 얼굴에는 본질적인 형태만이 남아 있었고 그것은 영원히 변치 않을 것이다. 이런 희한한 특성 때문에 노인이 된 누군가의 어린 시절 사진을 보면 그가 누군지를 단박에 알아볼 수 있다.

계산을 치를 때 나는 잠시 당황했지만 비밀번호나 서명이 없어도 별 탈 없이 카드 결제가 이루어졌다. 놀라워하는 나를 보며 재단사는 재미있어했다.

"새로 오셨나 보군요?"

"네……."

"돈 쓰는 게 얼마나 재밌는지 곧 알게 되실 거예요. 이승에서는 부자가 아니셨나봐요."

"어떻게 아셨죠?"

"죄송합니다. 커프스 단추를 여닫을 수 있다는 거에 놀라셨잖아요. 그건 고급 양복을 입어보지 않았다는 말이거든요……. 신경 쓰지 마세요. 여기서는 모두 평등하니까요. 부의 평등이라니, 정말 기발하죠! 왜 아무도 그런 생각을 못 했을까요?"

"그게 어떻게 가능한지 모르겠군요. 부의 창출을 고

려해보면…….”

“속고만 사셨나요? 익숙해지실 거예요. 어쨌든 선택의 여지가 없잖아요. 선생님은 여기에서 이승의 삶을 무한하게 살게 되실 거고, 그러고 나면…… 몇백만 년 후에는 선생님이 이승에서 보낸 짧디짧은 71년의 생은 저 멀리로 사라질 거예요.”

“솔직히 그런 생각은 못 했어요. 결국에는 이승에서의 기억을 잊게 되나요?”

재단사는 내 양복 깃에 묻은 먼지를 툴툴 털어내고는 뒤로 물러나 근심 어린 얼굴로 나를 쳐다봤다. 마치 전쟁터에 나가는 병사를 채비시키며 얼마 못 가 너덜너덜해질 의복을 마지막으로 정제해주는 듯한 모습이었다.

“꼭 그렇지는 않아요. 그게 가장 얄궂죠.” 그가 결국 입을 뗐다. “여기서 우리는 영원의 시간을 살지만 늘 같은 모습이죠. 각자의 특성은 바뀌지 않으니까요. 몇십 년은 그저 찰나일 뿐, 우리의 운명은 봉인되어 있어요.”

그의 말에 울어야 할지 웃어야 할지 갈피를 잡을 수 없었다. 물론 나는 나에 대한 자의식과 내가 쌓은 추억을 간직하고 싶지만 늘 같은 모습이라면 영원이라는 시간이 무슨 소용이란 말인가? 그러면서 한편으로는 불안이 밀려왔다. 이미 결말을 알고 있는 이승에서의 삶을 매초마다 10억 번씩 되돌려봐야 할지도 모른다는 생각이 들어서였다.

"하지만 걱정하실 거 없어요." 재단사가 내 마음을 읽기라도 한 듯 말을 이어갔다. "그 또한 익숙해지니까요. 그럼 이곳에서 재미있게 지내실 수 있을 거예요."

그는 고개를 더욱 푹 숙이며 침울한 표정으로 말했다. 마치 갑각류가 제 등껍질 속으로 기어들어가듯 자신의 어깨뼈 사이로 기어들어가려는 듯한 모습이었다. 나는 서둘러 그에게 인사를 하고 비행기 표를 예약하기 위해 성큼성큼 키오스크로 걸어갔다. 은행가 같은 양복을 입고 기세등등해진 나는 금세 자세를 바로잡고 어깨를 쭉 폈다. 은행가들을 그토록 많이 연구하고 투자 사이클에 관한 논문을 지겹도록 썼으면서도 나는 그들이 차는 시계 하나조차 살 여유가 없었다. 누구에게도 해를 끼치지 않는 이 소심한 복수를 마다할 이유가 없지 않은가?

나는 또다시 카드를 밀어 넣었고 문제없이 결제가 됐다. 내 눈앞에는 전 세계 모든 도시의 리스트가 펼쳐져 있었다. 비행기는 매시간 출발했고 나는 2만 개 이상의 공항을 선택할 수 있었다. 공항은 지역에 따라 분류되었고 다시 알파벳순으로 나열되어 있었다. 예컨대 중앙아시아를 선택하면 악타우Aktau, 알마티Almaty, 아시가바트Ashgabat, 아스타나Astana, 비슈케크Bichkek, 두샨베Dushanbe, 카라간다Karaganda, 후잔트Khujand, 코스타나이Kostanay 순으로 나열되었다. 현기증이 날 정도였다. 외국여행에 대한 우리의 가장 허황된 꿈을 마침내 실현시켜주다니, 정말로 마음을 홀딱 빼앗길 만한 배려가 아닌가.

두려움은 흔적도 없이 사라졌다. 내게 영원이라는 시간이 있다고는 하지만 전 세계 방방곡곡을 다 가볼 수 있으리라고 생각이나 했겠는가? 모든 공항은 수백만의 수백만 개의 도시들이며 동네들, 마을들, 집들, 그리고 방들로 이어져 있을 것이다. 수십억의 수십억의 수십억 개의 평야들이며 언덕들, 도로들, 길들, 나무들, 가지들, 잎사귀들, 가시들, 그리고 하나하나 움트는 새싹들까지 헤아리지 않더라도 어떻게 그 모든 것들을 다 경험해볼 수 있을까?

이승에서는 동분서주하며 애써봤자 나 자신 이외의 다른 것을 돌아볼 시간이 거의 없다. 영원의 끄트머리에 있는 천국의 목적은 모든 존재와 그들 사이에서 일어나는 모든 일을 알 수 있는 전지전능한 신이 되는 것인지도 몰랐다. 어쨌든 그 덕분에 나는 여유를 누릴 수 있게 되었다.

그토록 고통스럽고 치명적이기까지 한 병마와 싸우며 온갖 괴로움을 겪었으니 휴가를 즐길 만한 자격은 충분하지 않은가.

나는 루브르니 피라미드니 마추픽추니 하는 문화 체험 여행에는 취미가 없는 사람이라, 첫 여행지로 보츠와나 북동쪽에 있는 카사네를 선택했다. 카사네는 수백만 년 전부터 사람의 손길이 닿지 않아 자연 그대로 보존된 대초원과 삼각주가 있는 지역으로 세계에서 가장 큰 자연공원 중 한 곳으로 통하는 관문이었다. 나는 줄곧 사자며 기린이며 코끼리를 볼 수 있는 사파리 여행을 하고 싶었지만, 번번이 그런 내 어릴 적 꿈을 나중으로 미뤘다. 너무 비싸고 너무 오래 걸리고 너무 멀다는 이유에서였다. 산 자들은 언제나 욕망을 참아내기 위해 그럴싸한 구실들을 만들어낸다. 먼 훗날 언젠가 그런 희생을 보상받을 수 있을 거라고 믿으면서. 그러나 어느 날 미래는 멈춰버리고 곧바로 계산이 이루어진다. 장담컨대, 그렇게 희생해봤자 남는 것은 아무것도 없다.

정말 놀랍게도 비행 편이 거의 없는 나라의 소도시인데도 카사네로 가는 직항노선이 있었다. 비행기는 네 시간 후 출발 예정이었다. 나는 기다리는 동안 카사네에 가서 쓸 물건 몇 가지를 사기로 했다. 베이지색 반바지, 사파리 모자, 등산화, 그리고 망원렌즈가 달린 카메라까지 마련하니 초보 탐험가가 따로 없었다. 점원들이 슬쩍 코웃음을 치며 나를 이상한 사람 보듯 빤히 쳐다봤다. 어차피 생전에도 옷가게에서 마음이 편했던 적은 단 한 번도 없어서 별 신경이 쓰이지 않았다. 흰색 블라우스에 붉은색 바지와 조끼를 입은 점원들은 안내원들과 비슷한 유니폼을 입고 있었고 모두 활기찬 말투였지만 조금 천박해 보였다. 유니폼에 단 금색 배지에는 이름 대신 암호처럼 보이는 숫자와 문자가 적혀 있었다. 컴플레인을 염두에 둔 것인 듯했다.

나는 퍼스트 클래스 좌석을 구매했다. 수하물을 부친 뒤 VIP 라운지에 가서 파테앙크루트•를 양껏 먹고 프랑스 그랑 크뤼 와인을 여섯 잔 정도 마셨다. 통창 너머로 계류장과 활주로가 파노라마처럼 펼쳐졌다. 그곳은

• 페이스트리 반죽으로 만든 파이 크러스트에 고기, 생선, 채소 등을 갈아 만든 소를 채운 후 오븐에 구운 요리

빵 부스러기가 흐트러져 있지 않은 자리를 찾으려는 서민들이 이용하는 어두침침한 구석진 대기실과 사뭇 달랐다. 내 주변을 돌아보니, 강의실이 익숙한 나처럼 가죽과 마호가니로 장식된 이 안락한 공간이 익숙해 보이는 비즈니스 여행객 무리가 거들먹거리고 있었다. 나는 그전부터 대기업의 잘나가는 산업 전사들은 딱히 대단한 지적 노동을 하지 않고도 남들이 부러워하는 삶을 산다고 생각했다. 대기업의 엄격한 서열문화와 청산유수 같은 달변만 있으면 대개 웬만큼은 경력을 인정받을 수 있으니까(더구나 나는 이 주제에 관한 연구 논문을 발표해 꽤 큰 반향을 불러일으키기도 했다. 논문의 제목은 '다국적 기업은 왜 브레인을 필요로 하지 않는가?'였다). 반면 이코노미 클래스는 그 이름에 걸맞게 자신들의 학위와 방정식을 품고 이코노미스트들이 주로 이용한다. 나는 늘 경제를 이론으로만 다루었는데 이 안락한 사치를 몸소 경험해보니 경제를 실생활에 더 많이 적용하지 않은 것이 못내 후회스러웠다.

VIP 라운지를 이용하는 운 좋은 이들에게 제공되는 서비스 중에는 마사지가 포함되어 있었다. 마사지를 받으려면 지하층 가까이에 있는 룸으로 가야 했다.

그런데 여기서 한 가지 밝혀둘 것이 있다. 비록 경제학자이기는 하지만 나는 '마사지'라는 단어의 함의를 명확하게 알고 있었다. 또한 나는 몇몇 산 자들에게 가닿기를 바라는 이 이야기에서 저승에 대해 어떤 것도 숨기지 않기로 결심했기 때문에, 일부 내밀한 이야기들을 적나라하고 세세하게 전달하려 한다.

나는 겉보기에 다소 내성적이고 차분하며 왜소한 체격의 점잖은 대학교수였다. 서른 살이 되면서부터 나는 이미 할아버지 같은 인상을 풍겼다. 식당에서 화장실에 가야 할 때 거리낌 없이 가방을 맡길 수 있는 그런 인상. 내가 가르치던 학생들은 내게 생식기능이 없으며 내 육신에서 제대로 작동하는 것은 오로지 뉴런에 필요한 에너지를 공급하는 기능밖에 없다고 생각했을 것이다. 나는 단 한 번도 나의 이런 온화한 이미지를 부정하려 하지 않았다. 그래서 아주 소소한 성적 암시나 농담에도 그런 일차원적인 육체적 욕망 따위는 애초에 초월했다는 듯 어리숙하고 무관심한 태도로 일관했다.

그런데 속마음은 정반대였다. 매년 강의실에 새롭게 등장하는 생기발랄한 육신들을 볼 때마다 나는 늘 제멋대로 음란한 상상을 했다. 친애하는 학생 여러분,

여러분이 내게 내시Nash균형이론•에 대해 해맑은 얼굴로 질문을 할 때, 나는 여러분을 넘어뜨리고 무릎 꿇리고 힘으로 제압해 욕보이며 거친 애무를 하고 변태 같은 키스로 얼굴을 축축하게 만들었습니다. 이런 나를 부디 용서해주시길. 이런 상상을 할 때는 여학생뿐 아니라 남학생도 예외가 아니었다. 중요한 것은 플라톤이 통찰했던 것처럼 탄탄한 피부, 풍성한 머리칼, 양성의 매력이 동시에 풍기는 얼굴로 대변되는 젊음이었다. 이 투명한 세상 속에서 나는 추잡한 상상을 은폐하는 최후의 방어벽으로 나의 지성을 내세우며 너무나도 광기 어린 폭력에 나 자신을 내맡겼다. 게임이론으로 명성이 자자한 내 강의를 보면서 누가 감히 그곳에서 엄청난 난교 파티가 벌어지고 있을 거라고 의심할 수 있었겠는가? 상상 속의 난교 파티를 실컷 즐기고 저녁이 되면, 나는 다시 평온하게 아내 곁에 누웠다. 아내와는 숨을 헐떡이다 경련이 일어나 끝나버리고 마는 무덤덤하고 서먹한 섹스마저 하지 않은 지 오래였다. 나는 아내와 내가 여전히 섹스를 하는지 궁금해하는 사춘기에 접어든 아

• 게임의 참여자가 상대방의 전략을 고정된 것으로 보고 그 상황에서 자신에게 최적인 선택을 할 때, 그 선택들의 결과가 균형을 이룬다는 이론

들의 탐색하는 듯한 눈초리를 진즉에 알아챘다. 아들은 단 한 번도 대놓고 그에 대해 묻지 않았지만 설령 물었더라도 어떻게 대답해야 할지 난감했을 것이다. 굳이 말하자면 아내와 나는 우리의 섹스가 그저 나의 병 때문에 중단되었다는 암묵적 합의를 했고 그 덕분에 우리는 피차 마음의 짐을 덜 수 있었다.

얼마나 많은 동료 교수들이 나와 같은 변태적 성적 판타지를 갖고 있었는지는 모르겠다. 그들의 성적 판타지에 대한 데이터가 워낙 부족하기 때문이다. 더구나 어느 누구도 이 주제에 관해 진지한 연구 보고서를 쓴 적이 없다. 그래서 광고나 영화에 심심치 않게 등장하는 성에 관한 속설에 근거해 추정해보건데, 인구의 90퍼센트는 성생활에 문제를 겪고 있다. 나머지 10퍼센트 중 5퍼센트는 성생활에 만족하고 있고 5퍼센트는 무성애자다. 그리고 다행스럽게도 집단의 윤리라는 마법 덕분에 90퍼센트의 사람들은 욕망을 자제할 수 있고, 망상은 제풀에 꺾인다. 그런 망상들이 머릿속에 머무르지 않고 바깥으로 튀어나온다면 이 사회는 쾌락만을 좇는 난잡하고 거대한 집단 섹스클럽이 될지도 모를 일이다.

살아생전 나는 내 망상을 실현해보고 싶다는 욕망

을 단 한 번도 품어본 적이 없었다. 너무나 복잡하고 너무나 위험하며 너무나 실망스러울 게 뻔했으니까. 그렇다면 왜 그런 욕망을 드러내지 않았을까? 나는 그럴 수 있는 사람이 아니라고 나 스스로 생각했다. 몇 번의 기회가 있기는 했지만 나는 번번이 몸을 사리며 예의라는 껍데기 속에 더욱더 깊숙이 파고들어갔다. 나의 상상력으로 뜨겁게 달아오른 세계에서 그렇게 쉽게 육체들을 어루만질 수 있다는 생각만 해도 몸이 뻣뻣하게 굳었다.

그렇지만 나의 온갖 호기심을 채워줄 것만 같은 천국의 행복이 영원히 지속되는 이곳에서 잃을 것이 무엇이겠는가?

다소 조악한 마호가니 장식을 한 마사지숍은 어딘가 비밀스러운 곳으로 이어지는 듯했고 나는 얼마간 그 앞에서 서성거렸다. 대놓고 이국적인 느낌을 주겠다는 의도가 아니라면 도대체 왜 거기 놓여 있는지 모를 풍성한 야자수 화분이 눈에 들어왔다. 진한 화장도, 섹스어필하는 옷차림을 하고 있지도 않은 붉은색 유니폼의 여직원이 접수를 받고 있었다. 불경을 저지를 생각을 하니 욕구불만을 얌전하게 잠재우며 살아왔던 내 전 생애가 떠올랐고, 그 때문에 나는 주저주저했다. 나는 창가

쪽으로 다가가 아무런 일도, 비행기의 조그만 움직임조차도 없는 활주로를 바라봤다. 어색하게 미소 짓고 있는 나를 놀리려는 듯 여직원은 내게 다가와 살며시 내 손을 잡았다. 나는 그대로 가만히 있었고 내 심장은 숫총각이라도 된 양 벌렁거렸다.

그녀가 달고 있는 배지에는 번호, 아니 그보다 코드명이라 할 수 있는 XX43d5DfTz라는 숫자와 알파벳이 적혀 있었다. 가무잡잡한 피부, 옆으로 길고 가는 눈, 금발 머리까지, 혼혈인 그녀의 얼굴에는 거의 모든 인류의 특성이 다 드러나 있었다. 인류가 긴 여정 끝에 결국 도달하게 되는 지점, 전 세계를 품은 얼굴을 한 여인이 내 앞에 서 있었다. 나는 그녀의 아름다운 모습에 주눅이 들었지만 그녀는 놀라운 능력으로 나를 편안하게 만들어주었다. 나는 XX43d5DfTz는 그저 중개자 역할을 할 뿐이라는 사실을 점차 깨달았다. 그녀는 나를 안심시키고 나의 욕망을 들여다보며 내게 가장 적합한 서비스를 제안하는 역할을 맡고 있었다. 그녀는 내게 카탈로그를 보여주며 노골적이지만 아주 전문적인 용어로 그곳에서 제공하는 다양한 서비스에 대해 설명해주었다. 나는 이따금 고개를 가로저을 뿐, 너무나 당황스러워 일단 잠자코 듣고만 있었다. 가장 내밀한 나의 상상들이 어떤 방해도, 뒤탈도 없이 실현될 판인데도 나는 안간힘을 써가며 아무런 내색도 하지 않았다. 대체 누구를 속이고 싶어서?

XX43d5DfTz는 이런 상황을 숱하게 경험한 모양이었다. 그녀는 내 손을 잡더니 손목을 가만히 쓰다듬었다. "그렇게 부끄러워하실 필요 없어요. 그러시면 제가 힘들어진답니다." 나는 마른 침을 삼키며 고개를 주억거렸다. 나는 나의 모든 욕망을 내보이기 위해 신중하게 단어를 고르고 되도록 명확한 문장을 구사해보려 했다. 그런데 도무지 입을 뗄 수가 없었다. 내면에서 불타오르는 욕망을 입 밖으로 꺼내지 못하는 것은 일종의 신체적 장애였다. 50년을 자제하며 살다 보니 뇌 회로의 일부가 퇴화한 듯했다.

"여기서는 말이죠." XX43d5DfTz가 말을 이어갔다. "누구도 선생님을 재단할 수 없어요. 그 누구도요. 현재에도, 미래에도, 백만 년 후에도."

"그래도 제 자신은 알잖아요."

그것이 나의 최후의 저항이었다. 그녀는 매혹적인 옅은 미소를 띠며 돌연 한층 더 스스럼없이 내게 말했다.

"그렇지 않아요. 정말 답답한 양반이네요. 양심이란 인생을 곪아 터지게 하는 산 자들의 기만이죠."

그녀는 내 집게손가락을 잡더니 입을 맞추고는 가만히 나를 바라보며 느리게 그리고 탐욕스럽게 그 손가락을 빨기 시작했다. 나는 몸이 굳은 채 그대로 있었다.

누구도 내게 이렇게 해준 적은 없었다. 어쨌든 이런 방식은 아니었다. 이렇게 변화무쌍했던 적도, 이렇게 템포가 다양했던 적도, 이렇게 숨소리가 거칠어진 적도 결코 없었다. 그녀는 한 손으로는 내 손가락을 잡고 입으로는 그것을 빨고, 휘감고, 짭짭 소리를 내면서 오물거렸다. 나는 뜨겁고 축축한 어떤 저항할 수 없는 곳으로 빨려 들어가는 듯했다. 스르르 긴장이 풀렸다. XX43d5DfTz는 때때로 혀가 손가락 관절에 부딪혀 멈칫할 때를 빼고는 조금도 지치지 않고 자신의 일에 집중했다. 그때부터 나는 그녀의 눈을 천연덕스럽게 쳐다봤다. 대체로 펜을 잡거나 키보드를 두드릴 때나 쓰던 이 애처로운 손가락이 이런 쾌락의 도구가 될 수 있으리라고는 꿈에도 생각하지 못했다. 나는 이따금 무심결에 그녀의 애무를 거부하기도 했지만 이내 몸이 풀렸고 나를 애무하는 여인에게 젖어들었다. 그녀가 애무하는 방식은 한층 더 변화무쌍해졌다. 그녀는 내 손가락을 입술로 빠는가 하면 이로 살짝 깨물기도 하고 혀로 핥기도 하면서 다양한 감각을 한꺼번에 느끼게 해주었다. 나는 예술가들이 방기한 감각, 촉각을 예찬하는 쾌락의 향연을 즐기는 축복받은 관객이었다. 여러분이 오해할까 봐 말해두는데, 나는 쾌락을 느끼기 위해 다른 것을 상상할 필요가 없었다. 그것은 어떤 보조적 수단이 필요한 쾌락이 아니었다. 말하자면 그것은 연쇄적으로 밀려오는 감각이 내 육신을 사로잡는 원초적이고 온전한 쾌락이었다. XX43d5DfTz는 나의 손가락과 섹스를 하고 있었다. 머리부터 발끝까지 발기가 되었다. 천국이었다.

"말할게요." 한참의 시간이 흐른 후, 나는 내가 듣기에도 낯선 나른한 목소리로 말했다.

그리고 여러 해 전부터 머릿속으로 상상해왔던 것들을 그녀에게 말해주었다. 최대한 꾸밈없이, 그러나 천박하지 않게. XX43d5DfTz는 애무의 속도를 서서히 늦추고 내가 한 번도 생각해보지 않았던 디테일한 사항들을 물었다. 나는 그 방면으로는 전혀 아는 게 없으니 의견에 따르겠다고 그녀에게 대답했다. 그녀는 내게 다정하고 가볍게 입맞춤을 해주었다. 우리의 섹스는 정점을 찍고 내려왔다. 나는 만족스러웠으나 완전히 해갈되지 않은, 호기심과 욕망으로 가득 찬 손가락을 가만히 빼냈다.

XX43d5DfTz는 나의 욕망에 정확하게 부합하는 프로그램을 노련하게 짜주었고, 거기에는 나의 취향을 시험해볼 수 있는 몇몇 놀라운 코스들이 포함되어 있었다. 그녀는 내게 그녀만큼이나 세심하고 친절한 파트너들을 소개해주었다. 걱정했던 것과 달리, 나는 실망감을 느끼기는커녕 이 탐색을 계속하고 싶다는 미친 듯한 욕구에 사로잡혔다. 여기서 여러분에게 미리 밝히자면, 나는 섹스를 끝낼 수 없는 뜻밖의 희한한 성적 장애를 앓고 있었다. 내 몸은 여태껏 경험해보지 못한 강렬한 쾌감에 젖어 그 순간에 몰입해 흥분해 있었지만 내 몸 밖으로는 아무것도 나오지 않았다. 더욱 세게, 더욱 강하게 섹스를 하고 또 해도 아무런 쾌락도 느끼지 못하는 에로틱한 꿈을 꿀 때처럼 말이다.

나는 XX43d5DfTz에게 아주 사소함 감정까지 세세하게 털어놓았고 그녀는 크게 걱정하지 않았다.

"그럴 수 있어요." 그녀가 담담하게 말했다. "그리고 더 좋을 수도 있어요. 프로그램을 끊지 않고 계속할 수 있으니."

나는 고개를 끄덕였다. 암청색 양복을 점잖게 차려 입은 나는 양복 등허리 쪽에 뭔가 문제가 있다고 느꼈다. XX43d5DfTz는 보다 의례적인 영역으로 화제를 돌리면서 대화를 이어나가려 했다. 딱히 해줄 만한 이야기가 없었기에 나는 가감 없이 편안하게 내가 살아온 인생을 그녀에게 털어놓았다. 변두리 부촌에 있던 집에서 보낸 평범한 어린 시절, 늘 공부에 열심이었던 학창 시절, 부끄러움에 얼굴이 빨개졌던 첫 입맞춤, 대학교 2학년 때 만나 반백 년 동안 평범하지만 훌륭한 동반자가 되어주었던 내 아내에 대해 그녀에게 이야기했다. 내가 아내를 져버린 일이라고는 금혼식을 18개월 앞두고 내가 먼저 죽음을 맞은 것밖에 없었다. 이웃들의 칭송과 동료들의 질투를 받으며 완벽한 부부라고 인정받을 수 있는 마지막 관문이었는데 말이다. 그게 아니라면, 나는 테니스를 쳤고 걷기 운동을 했다. 그나마 가장 엉뚱한 일을 벌였을 때를 꼽으라면 정원에 있는 나무 위에 오두막을 지은 일이었다.

나는 꽤 젊은 나이에 한 대학의 교수로 부임했고 그 덕분에 우리는 마침내 변변한 집 한 채를 마련할 수 있었다. 우리는 주말마다 집수리를 했고 그 덕분에 족히

40년 동안 우리의 대화거리는 끊이지가 않았다. 내가 죽음을 앞두고 침대에 누워 가장 애석하게 생각한 일들 중 하나는 타일 카탈로그를 뚫어져라 들여다보며 치수를 계산하고 가격을 비교하느라 그토록 긴 시간을 보냈으면서도 욕실 수리를 끝내지 못한 것이었다.

하물며 나는 퇴직할 나이가 지나서도 단 한 번도 수업을 중단한 적이 없었고 당시의 경제 논리에 따라 연구소논문도 계속해서 집필했다. 직업으로서는 과했고 열정이라 하기에는 부족했던 그런 활동은 나의 뇌를 지속적으로 원활하게 작동시키기 위한 나만의 정신 건강 관리법이었다. 사실상 시장의 메커니즘에 근거한 경제 논리는 이해가 어렵지 않았고 온갖 분야에 다 적용할 수 있었다. 여기에 그럴싸한 방정식을 덧붙여준 다음, 명료하고 일관된 논거를 제시하기만 하면 결국 나 자신마저 설득되고 마는 논리가 성립되는 것이었다. 이보다 더 큰 정신적 만족감을 주는 일은 없었다. 흔치는 않았지만 내가 내놓은 주장에 논란이 일 때면 나는 그것들을 조목조목 반박하면서 즐거움을 느끼기도 했다. 때로 조금은 터무니없는 반론을 내세워야 한대도, 나는 절대로, 결단코 처음에 취한 입장을 바꾸지 않았다. 나의 이런 고집은 불변하는 유일한 진리를 갈망하는 대중에게 큰 안심감을 주었고, 덕분에 나는 이런저런 일로 여러 위원회에서 수시로 자문 의뢰를 받았다. 그래서 나는 눈에 띄지는 않지만 막후에서 우리나라뿐만 아니라 전 세계의 수많은 경제 계획에 입김을 넣을 수 있었다. 그런 일이 아니라면 나는 인내심을 갖고 아들을 양육했고 그저 인생이 즐겁게 흘러가도록 내버려두었다.

XX43d5DfTz는 조금 놀랍게도 오두막에 관심을 보였고 나는 그에 대한 이야기를 자세하게 해주었다. 처음에 내가 오두막을 지으려 한 이유는 아들 때문이었다. 그러나 아들은 오두막에 점점 싫증을 냈고 오히려 내가 오두막을 좋아하게 되면서, 나는 그곳을 세상에서 잠시 뒤로 물러나 쉴 수 있는 은신처로 삼았다. 나는 여러 번의 시행착오를 거쳐 마침내 제법 정교하게 도면을 그려냈고 그 작업은 무척 즐거웠다. 그러나 결과물은 영 신통치 않았다. 강풍이라도 부는 날이면 널빤지가 요란스럽게 삐걱댔고 그러고 나면 어김없이 화단에 나사못 몇 개가 떨어져 있었다. 그래도 허술하기 짝이 없는 그 둥지는 내게 안성맞춤이었다. 담요와 간단한 전기 설비를 마련해둔 오두막은 부부간의 의무를 피해 긴 저녁 시간을 보내기에 그만이었다. 오두막으로 올라오는 사다리를 떼어내면 완벽하게 고독을 보장받을 수 있었다. 나는 그곳에서 책을 읽기도 하고 미뤄둔 방정식 몇 개를 마무리하기도 했으며 포르노 사이트를 훑어보기도 했다. 오두막에 하나밖에 없는 창은 너도밤나무 잎사귀 쪽으로 나 있었는데, 나는 그 창을 통해 일 년 내내 느리고 반복적인 식물의 주기를 관찰했다. 내 주변에서 나무의 생애를 지켜볼 수 있게 된 셈이었다. 봄이 되면 정원은 정글을 방불케 했는데 오두막이 나뭇잎에 뒤덮이거나 가지에 뚫리지 않도록 나는 열심히 전지가위를 쳐대야 했다. 털이 삐죽삐죽 돋은 희한한 열매가 나오는 개화 시기가 되면 나는 이상하게 기분이 좋지 않았다. 그토록 원기왕성한 교배의 현장 한가운데에서 몰래 그 모습을 지켜보는 불청객이 된 기분이 들었기 때문이다. 가을이 되면 조망이 탁 트여 저 멀리 바지선이 내뿜는 빛들로 수놓인 강이 보였다. 나는 때때로 나무에 말을 걸곤 했는데, 그럴 때면 나는 내 자신에 화들짝 놀라 나무를 사람처럼 대하려 한 충동을 겸연쩍어하며 곧 정신을 차렸다. 직업상 사람들과의 교류를 이론적 모델로 제시하는 일을 했으면서도, 나는 나이가 들어갈수록 사람들과의 교류를 피해 안온함을 느낄 수 있는 오두막에서 점점 더 많은 시간을 보내곤 했다. 아들은 그다지 모범생은 아니었지만 약간의 문학적 소양은 있었는지 나를 '나무 위의 남작'•이라고 부르곤 했다. 나는 욕망이 없는 것은 아니었지만 외박을 할 정도로 방탕한 짓을 한 적은 결코 없었다. 그랬다가는 분명 하지 않아도 될 해명을 해야 하는 갈등 상황이 벌어질 것이며 그런 해명으로 또 어떤 일이 벌어질지 누가 알겠는가? 몇몇 주제에 대해서는 침묵을 지키는 편이 차라리 나았다.

XX43d5DfTz가 미소를 지으며 다정하게 내 손을 잡았다. 몇 시간 만에 우리는 서로를 오래된 친구처럼 느끼는 듯했다. 그리고 나는 결론에 도달했다. "대체 나는 이승에서 얼마나 많은 시간을 낭비한 걸까!"

⚜

지연도, 혼잡도 없이 비행기 탑승은 너무나도 원활하게 이루어졌다. 내가 속한 1그룹은 수호천사 같은 붉은색

• 나무 위라는 특수한 공간에서 인간을 고찰하고 현실에 참여한 남작의 일대기를 그린 이탈리아 작가 이탈로 칼비노의 소설

유니폼을 입은 직원들의 에스코트를 받으며 인파를 헤치고 앞으로 나아갔다. 우리는 부러 다른 승객들을 무시하면서 그 앞을 당당하게 지나갔다. 고백하자면 우리는 우리를 향한 그 모든 부러움과 선망의 눈길을 받으며 커다란 희열을 느꼈다. 본래 특권에는 금세 익숙해지지 않는가! 당연하지 않은 특권일수록 더욱 각별하게 느껴지는 법이다. 대학교 정문에서 다른 교수들 사이를 지나갈 때는 단 한 번도 느껴보지 못한 희열이었다. 그러나 여기서 나는 정당한 이유 없이 그저 1그룹의 탑승권을 가졌다는 것만으로 귀족 같은 대접을 받았다.

그런데 나는 보안 검색대를 통과해야 한다는 것에 놀라지 않을 수 없었다. 우리는 첫 번째 검색대에서 이름, 사망년월일, 신용카드 번호까지 여러 번 반복해서 말해야 했다. 안면인식 시스템은 내 신분을 확인했다. 그다음 여러 색의 바구니에 소지품을 꺼내놓고 3단계의 스캐닝 검사를 통과해야 했다. "선생님, 커프스 버튼은 파란색 바구니에 넣어주세요." 붉은색 유니폼의 남자 직원이 파란색 바구니를 가리키며 내게 지시했다. 그의 흠잡을 데 없는 친절에는 분명 멸시가 섞여 있었다. 나는 투덜거리며 그의 지시에 따랐다. 이 단순한 커프스 버튼

안에 대체 내가 무엇을 넣고 반출할 수 있단 말인가? 더구나 죽음보다 더 치명적인 일이 일어날 수 있다는 말인가? 나는 힘들게 다시 옷을 꿰어 입으며 우리 그룹의 인솔자 중 하나에게 불만을 표시했다.

"불편을 드려 죄송합니다." 그가 다른 직원들만큼이나 정중하게 대답했다. "이곳에서는 무엇보다도 안전이 최우선입니다. 저희는 위험 요소가 하나도 없는 유례없는 환경을 구축했어요. 위험한 상황이 발생할 확률은 0.00001퍼센트도 아닌 0퍼센트죠. 어떤 위험한 상황도 절대 일어나지 않을 겁니다."

"그렇지만 우리는 이미……." 나 자신이 어리바리하게 느껴져 나는 머뭇거리며 대꾸했다.

"그러니까요! 이승에서의 실수를 반복해서는 안 되죠. 여기에는 끔찍한 테러로 제명을 못 채우고 죽음을 맞은 고객들도 있어요. 그러니 각별히 더 신경 써야죠."

나는 그쯤 해두기로 했다. 하기야 나 역시 다른 동료 교수들과 달리 흔히 일어나지는 않지만 치명적 결과를 초래할 수 있는 사소한 위험들을 감소시킬 수 있는 대책을 적극 주장하지 않았던가. 게다가 나는 이런 전략에 '비대칭적 리스크에 대한 대책'이라는 명칭을 붙이기까지 했다. 이제야 내 주장이 진지하게 받아들여지고 있는데 뭐 때문에 불평을 하겠는가.

난기류를 한 번도 만나지 않아 비행은 편안했다. 다른 승객들과 완전히 동떨어진 내 자리에 나는 어색하게 누워 있었다. 나는 코끼리의 발자국, 얼룩말의 똥, 다양한 식물종에 대해 상세하게 설명해주는 사파리에 관련된 짤막한 다큐멘터리를 시청했다. 열두 시간의 비행 동안 창 너머로 보이는 것이라고는 구름뿐이었다. 온 천지가 베일에 덮여 있는 듯했다. 그러나 크게 걱정되지는 않았다. 남반구에서는 여름이 시작되었고 하늘은 곧 갤 터였다. 날씨야 어쨌든 나는 바깥바람을 쐬고 싶어 조바심이 났다. 살아생전 나는 늘 시간이 날 때면 아내와, 또 가족 모두와 산책을 하곤 했다. 아내의 관절염이 도져 함께하지 못했을 때는 혼자서 길을 나섰다. 나는 가방에 간식거리를 잔뜩 챙겨 이른 아침 집을 나섰고 잠시 쉬어 갈 때는 솔잎이 수북이 쌓여 푹신한 자리에 책상다리를 하고 앉아 집에서 챙겨 간 학생들의 답안지를 채점하기도 했다. 내가 살던 지역에는 다 둘러보지도 못할 만큼 광활한 숲이 있었다. 산책은 차분한 내 성격에 꼭 맞는 취미였다. 나는 모험심이 별로 없었기 때문에 풍경 속에 흩어진 표식들을 지도와 대조하며 맞는 길로 가고 있는지를 확인하는 것만으로도 충분히 즐거웠다. 게다가 오랜 시간 산책을 하다 보면 연구에 대한 아이디어가 떠오르기도 했다. 몸을 움직이고 있을 때는 지루할 틈이 없었다.

이윽고 비행기가 착륙했다. 나는 카사네 공항을 보고 놀라지 않을 수 없었다. 수많은 상점과 로비의 규모를 봤을 때, 암스테르담 공항이나 바르셀로나 공항에 견줄 만했다. 향수 광고와 패스트푸드 냄새를 뚫고 수하물 수취대로 가려면, 가히 쇼핑몰이라 할 수 있을 법한 로비를 족히 20분은 걸어가야 했다. 공항의 배경음악이 들려왔고 그 음악은 콘크리트 천장 돔에 반향되어 울려 퍼졌다. 이곳이 아프리카 대륙의 소도시라니, 정말 놀라웠다. 승객이 엄청나게 많았다. 그들은 사방팔방으로 돌아다녔고 나는 도무지 어디로 향할지 모르는 인파들을 헤치고 나가느라 애를 먹었다. 천국에 뽑혀온 운 좋은 사람들이 모두 새삼스레 사파리 여행에 대한 자신의 열망을 발견하기라도 한 것일까?

그러다 나는 불현듯 사망자 수에 연동된 여행객 수는 지속적으로 증가할 수밖에 없다는 사실을 깨달았다.

사망자 수가 계속 증가하니 여행객 수도 계속 증가할 수밖에! 천국에 새로 입성하는 망자들 중 보츠와나를 여행하고자 하는 비율이 미미하다 해도 실질적인 여행객 수는 기하급수로 늘 수밖에 없었다. 증가하는 여행객을 수용할 수 있는 공항을 운영하려면 여행객의 왕래로 수익을 내는 것이 당연했다. 실제로 이 아프리카의 공항은 나의 선입견과 달리 최신 시설을 갖추고 있었고 운영도 잘되고 있었다. 더구나 새로운 별관이 신축 중이었고, 광고판에는 '승객들을 보다 편안히 모시기 위해 끊임없이 변화하는 공항'이라는 문구가 자랑스레 내걸렸다. 별관에는 3D 극장, 개별 샤워실을 갖춘 대기실, 심지어 실내 스케이트장까지 설치되는 모양이었다. 나는 그 모든 것에 별 흥미가 없었지만 환승을 기다리며 기나긴 시간을 때워야 한다면 취향에 따라 그 시설들을 이용하는 것도 나쁠 것은 없지 않겠는가?

수하물 수취대에 도착하기 전, 나는 최종 보안 검색대를 통과해야 했다. 그런데 여기서 이해할 수 없는 것은 DNA 식별을 위해 채취 용기에 타액 샘플을 제출해 엄격한 생체 분석 테스트와 함께 일련의 스캐닝 검사를 다시 받아야 한다는 것이었다. 주변을 둘러보니 1그룹에 함께 있던 몇몇 사람들이 눈에 띄었다. 그렇게 점잖은 신사 숙녀들이 자기 차례를 기다렸다가 거리낌 없이 침을 뱉고는 이내 가장 하찮은 생물학적 상태인 DNA 염기 조합으로 전락하는 것을 보고 있자니 당황스러웠다. "무슨 일이 생길지는 아무도 모르니까요." 행여 내가 불평을 늘어놓을까 붉은색 유니폼의 직원이 선수를 쳤다. 계산을 해보니 공항 상점에서 벌어들이는 수입이면 최첨단 장비에 투자하고도 남을 만한 재원을 마련할 수 있겠다 싶었다. 상가와 보안은 떼려야 뗄 수 없는 관계가 아니겠는가. 나는 별수 없이 채취 용기에 침을 뱉었다.

나는 이상할 정도로 짐들이 드문드문 놓인 수하물 벨트 위에서 내 가방을 어렵지 않게 찾아냈다. 가방이 출발할 때보다 더 가벼워진 느낌이었다. 이곳에도 직원 중에 좀도둑이 있나? 내 물건들이 잘 있는지 확인해봐야 할 것 같았다. 그리고 나는 야생의 자연으로 빨리 들어가고 싶어 성큼성큼 걸어 커다란 게이트를 통과했다. 공항은 여전히 혼잡했고 나는 칫솔이며 여행 가방, 그리고 치킨 카레 샌드위치 가게가 늘어선 기다란 로비를 가로질러 갔다. 사바나 초원에서 멀티비타민 바를 먹으려고 다가가는 사자가 나오는 광고 영상에 나도 모르게 눈길이 갔다. 비닐 포장지로 달려들 준비가 된 사자는 엉덩이를 흔들고 있었다. 로비 끝에는 바깥으로 나가기 전 마지막 관문인 유리문이 열려 있었다. 유리문은 기요틴처럼 왔다 갔다 하며 여행객 무리를 분산시켰다. 나는 어서 빨리 천국의 진짜 분위기를 느끼고 싶었다. 나는 여행을 하는 동안 구겨진 양복의 주름을 잡아당겼고 조명 탓인지 이미 군데군데 색이 바랜 것처럼 보였다.

그런데 황당하게도 유리문은 이곳 로비와 한 치도 다를 바 없는 또 다른 로비에 바로 연결되었다. 나는 한동안 얼이 빠져 있다가 눈을 들어 '출구' 표시를 찾아보려 했다. 그러나 내 주변에는 도착, 출발, 탑승, 보안 검색, 라운지, 식당을 가리키는 화살표밖에 없었다. 아무래도 출구를 지나친 모양이었다. 나는 자책하며 왔던 길을 되돌아갔다. 수하물 수취대까지는 걸어서 족히 5분이 걸렸다. 사자는 여전히 멀티비타민 바에 달려들고 있었다. 그러더니 발톱으로 포장을 갈기갈기 찢고 아프리카의 푸른 하늘을 배경으로 거칠게 자기 입술을 핥았다. 어서 빨리 살과 뼈가 있는 진짜 사자를 봤으면!

수하물 수취대로 가는 좁은 문을 찾기까지 시간이 한참 걸렸다. 그 문이 모형 젖소의 젖을 당기면 100퍼센트 카카오 스위스 초콜릿이 나오는 가판대와 마사지숍 사이에 깊숙이 숨어 있었기 때문이다. 나는 눈을 들어 표지판을 찾았지만 아무것도 없었다. 그러다 방치된 것처럼 보이는 후미진 곳이 눈에 들어왔는데, 보통 줄지어 서 있는 택시들이 보여야 할 그곳에는 유난히 초라해 보이는 회색 철제문이 있었다. 나는 앞으로 나아갔다. 광고도, 음악도 없었다. 좋은 징조였다. 나는 숨을 죽이고 조심스레 문을 밀었다. 그런데 내가 마주한 것은 활기찬 거리가 아니라 꽉 조이는 붉은색 유니폼을 입은 무척 우람한 여인이었다. 그녀는 강렬한 네온사인이 번쩍이고 눈부신 흰색 타일로 둘러싸인 그곳에 접이식 의자를 놓고 앉아 있었다. 그녀는 태평하게 나를 빤히 쳐다봤다. 그녀의 얼굴은 푸석푸석하고 피곤해 보였고 군데군데 주황색으로 염색한 머리칼은 색이 점점 옅어져 흰색으로 변해가고 있었다. 그녀는 손가락에 색색의 반지를 꼈는데, 손가락이 어찌나 통통한지 반지가 꽉 조여 있어 한동안 반지를 뺄 수 없었을 것 같았다.

"안녕하세요." 그녀가 아주 자연스럽게 내게 말을 건넸다.

"안녕하세요. 저는 출구를 찾고 있어요."

젊은 시절의 여성스러운 몸짓이 남아 있는 듯, 그녀는 무의식적으로 앞머리를 쓸어 넘겼다.

"여기는 구식 화장실이에요."

"아, 그런데 저는 용변을 보려는 게 아니라……."

"하나같이 그렇게 말하는군요!" 그녀가 매섭게 소리쳤다. "아무도 여기서 오줌을 누려고 하지 않아요. 화장실 관리인은 대체 뭘 하라고!"

길을 잘못 든 데다 그녀를 실망시켰다는 생각에 나는 맥이 풀리고 말았다. 나는 예의상 내 골반 근육을 수축시켜 방광에 고인 소변 몇 방울이라도 쥐어 짜내보려 했지만 정말로 아무것도 나오지 않았다.

"미안합니다."

"날 행복하게 하는 게 뭔지 아세요? 지독한 설사 환자예요. 그런 사람이 오면 너무 즐거워요! 하지만 요즘에는 어찌나 균형 잡힌 식사를 하는지 사람들이 좀처럼 병에 걸리지를 않는다니까요. 이제 사람들은 정해진 시간에 아주 청결하게 똥을 조금만 싸죠. 정말 아쉬워요!"

"이곳에 오래 계셨나요?" 나는 용기를 내 물었다.

그녀는 어이없어하는 듯했다. '오래'라니. 그것은 산 자들의 단어였다. 이곳에 적응을 하려면 나는 아직도 갈 길이 멀었다.

"오래라, 글쎄요. 하지만 예전에는 이렇지 않았어요. 이곳에 온 모든 사람이 발을 동동거리고 미간을 찌푸리며 수하물 수취대에서 나와 여기로 왔던 때가 떠오르네요. 그때는 향기 나는 비누와 온열 시트가 있는 현대식 화장실이 없었어요! 그래서 사람들은 여기로 뛰어들어왔고 그들이 한숨 돌리는 소리를 들으면 마음의 위안이 되곤 했죠."

"사람들은 다시 올 거예요……." 나는 그녀에게 되지도 않는 위로를 했다.

그녀는 대꾸도 하지 않았다.

"관리부에서 나를 왜 계속 여기에 두는지 모르겠어요. 혹시 몰라서 비상용으로 두는 거겠죠. 어쨌든 나는 늘 준비하고 있어요. 닦고 또 닦고, 얼마나 깨끗한가요! 선생님이 그 사람들을 만나면 말해주면 되겠네요."

"아, 저는 그냥 지나가는 길이라서. 저는 지금 출구를……."

"아니면 저를 잊은 거겠죠." 그녀가 내 말을 자르며 끼어들었다. "그 사람들이 그럴 리 없지만 혹시 또 모르죠. 제가 듣기로는 격납고에 보관해둔 어두침침하고 텅 빈 비행기 안에서 계속 서비스를 하고 있는 승무원도 있다고 하더군요. 어쨌든 제가 선생님께 말씀드리고 싶은 건 이곳에 있는 게 훨씬 낫다는 거예요. 적어도 여기는 평화로우니까요. 그리고 가끔은 이렇게 선생님처럼 친절한 낙오자들도 만나고요."

갑자기 기분이 상했다. 나는 그녀에게 인사를 고하고 무슨 수로 그 무게를 버티는지 모를 기우뚱거리는 의자에 앉아 투덜대는 그녀를 뒤로 한 채, 그곳을 빠져나왔다. 무리 지어 있는 사람들을 발견하자 용기가 생겼다. 훤한 대낮에 이렇게 홀로 있는 것만 아니라면 아무래도 좋았다.

나는 반대쪽 로비로 들어섰다. 로비는 완벽한 대칭을 이루고 있었고 저 멀리 유리문 쪽으로 뻗어 있었다. 달리 다른 방법이 없었기에 나는 인내심을 갖고 다시금 길을 찾아 나섰다. 이번에는 출구를 찾을 수 있을 거라 애써 생각했다. 어쨌든 그것만이 논리적으로 생각할 때 품을 수 있는 유일한 희망이었다. 표지판은 어차피 천국에서 내세우는 자랑거리가 아니었으니 크게 신경 쓸 필요가 없었다. 아니면 표지판은 수리 중일지도 몰랐다. 내가 이미 눈치챘듯, 그 사람들은 안전을 가지고 장난칠 사람들이 아니었다. 그럼에도 불구하고 불길한 예감에 휩싸여 나는 걸음을 재촉했다. 나는 한 승무원과 부딪혔고 그녀는 짜증을 냈다. 그런데 내가 어디에 있었더라? 나는 다급히 사과를 하고 거의 뛰다시피 하며 계속 길을 찾아갔다. 그때부터 나는 이렇게 거친 움직임을 예상치 못하고 맞춘 양복과 나의 외양 따위는 신경 쓰지 않았다. 내 캐리어는 내 뒤에서 제멋대로 갈지자를 그리며 끌려왔다. 몇 발자국이나 걸었을까, 바짓가랑이 쪽에서 찢어지는 소리가 났다. 제기랄!

나는 숨을 헐떡거리며 닫힌 유리문 앞으로 다가갔다. 그리고 멀티비타민 바에 돌진하는 사자처럼 문 틈새로 몸을 던졌다. 그러자 알람이 울리며 갑자기 문이 닫혀버렸다. 나는 무척 당황하며 몸을 일으켰다. 반대편에서 반원을 이뤄 모여 있던 사람들은 적개심이 가득한 눈빛으로 나를 쳐다봤다. 나는 먼 데를 바라봤고 심장이 쿵쾅거렸다. 이번에도 또 로비였다. 이번에도 치과를 비롯해 맞춤 와이셔츠, 버라이어티쇼 극장, 탁구장, 중국 찻집, 수제 맥줏집, 비누 판매점 등 제공되는 모든 서비스가 표시된 창의적인 픽토그램이 그려진 온갖 표지판들이 있었다. 단 하나, '출구' 표지판을 빼고.

붉은색 유니폼을 입은 직원 한 팀이 한달음에 달려왔다. "여기 사람이 쓰러졌어요!" 구경꾼 무리에서 누군가 신고라도 하는 투로 말했다. 아무리 그게 아니라고 말을 해도 그들은 나를 들것에 묶고는 재빠르게 들어 올렸고 가는 도중에 최첨단 장비로 온갖 건강검진을 진행했다. 내 몸은 각종 센서로 뒤덮였다. 단 몇 분 만에, 나의 장기 전부, 체내의 모든 비타민 비율, 그리고 나의 면역체계와 두뇌 활동까지 확인되었다. 나는 그와 관련된 이야기를 들었고 각각의 결과는 '정상'으로 무척 안심할 수 있는 수치였다. 건강을 되찾는 길은 죽음밖에는 없었나 보다.

의사들이 괜찮다고 안심을 시키자 그들은 나를 창문도 없는 어떤 방으로 데려갔는데, 그곳은 컴퓨터, 프린터, 사무용 의자가 완벽하게 구비된 사무실로 붉은색 넥타이를 맨 공무원 같은 누군가가 날 맞아주었다. 그는 cX4f57U!g라고 적힌 배지를 달고 있었다. 그는 사회복지사, 은행원, 영사관 같이 불만을 접수하고 단호하게 거절하는 직업을 가진 모든 이들이 그런 것처럼 무미건조한 표정을 하고 있었다. 진력이 난다고 말하는 듯한 그 얼굴은 고객에게 쓸데없는 희망을 주지 않는 데 큰 역할을 했다.

"옷부터 좀 사셔야겠네요." cX4f57U!g는 나를 훑어보더니 단도직입적으로 말했다.

어리둥절한 나는 그저 웃기만 했다. 내 맞춤 양복에 무슨 문제라도 있나?

"돈 문제라면 걱정하실 필요 없습니다." 그가 말을 이어갔다.

나는 허둥지둥 양복을 살펴봤고 벌써 옷이 너덜너덜해졌다는 것을 알아챘다. 소매는 찢어져 있었고 재킷은 심하게 구겨져 있었다. cX4f57U!g는 의자 하나를 손으로 가리켰다. 나는 의자 쪽으로 걸어가면서 구두 밑창이 떨어진 것을 발견했다. 그리고 의자에 앉으면서 팬티가 보일 정도로 바짓가랑이가 터졌다는 것도 알아챘다. 문득 내가 누더기를 걸치고 있다는 생각이 들었다. 나는 재단사와 그의 양복 짓는 솜씨를 탓했다.

"민망하군요. 아무래도 제가 속은 것 같은데……."

"아! 신경 쓰지 마세요. 늘 있는 일인걸요. 더구나 유행은 한순간에 바뀌어버리니까요. 옷이야 또 한 벌 사면 되는 거 아니겠어요?"

그의 표정이 한층 더 근엄해졌다. 수다 타임은 거기

서 끝이었다.

"CCTV를 돌려보니 선생님께서 문과 문 사이로 뛰어들어가셨더군요……. 사실 수하물 수취대에서부터 CCTV를 확인해보니 선생님께서 당황해서 길을 잃으신 것 같더라고요……. 알고리즘을 확인해봤는데 선생님의 스트레스 지수가 10점 만점에 8.2점이었요. 무슨 문제라도 있으신가요?"

나는 위신을 지켜야 했다. 자칫하면 '엄정한 경제학자' 학회지에 '공리주의적 관점에서 본 CCTV의 순기능'이라는 논문을 발표했던 것을 후회할 뻔했다.

"길을 잃을 수도 있는 거 아닌가요?"

"이곳에서는 딱히 그런 일이 없어서요. 목적지가 있어야 길도 잃는 거 아니겠어요?"

나를 가르치려는 듯한 그의 태도가 거슬렸다. 누군가를 가르치는 일은 본디 교수인 나의 일이 아니었던가.

"영원이라는 시간이 주어졌다고 할 때, 우리가 찾아갈 수 있는 목적지는 어디일까요?" 그가 한술 더 뜨며 말했다.

그의 궤변에 짜증이 밀려왔다. 나는 용기를 냈다. 웃음거리가 된다 해도 별수 없었다.

"출구를 찾고 있었어요. 그뿐이에요."

cX4f57U!g는 순간 당황하더니 이내 얼굴을 찌푸렸다.

"출구? 출구요?" 그가 기계처럼 되풀이해 말했다.

나는 태연하려 애썼다.

"딱히 불만이 있는 건 아니에요. 지금껏 제가 받은 서비스는 아주 훌륭했어요. 하지만 표지판은 정말이지……."

"출구라, 그건 찾아서 뭐 하시려고요?" cX4f57U!g가 웃으며 내게 물었다.

"그쪽과 싸우고 싶지 않아요." 나는 짜증을 억누르며 대답했다. "그건 내 일이니까……."

"그게 아니죠, 말씀해주세요. 선생님. 말씀해주셔야 해요! 그건 우리 모두의 일이에요. 선생님이 이곳을 나가서 무엇을 하려고 하시는지 저희가 알아야 해요."

"무슨 말이죠?"

"정말 제멋대로시네요!" cX4f57U!g가 버럭 화를 냈다. "선생님은 모든 걸 망치고 있어요. 선생님뿐만 아니라 여기 있는 모두를요. 점잖은 척하면서 혼란과 불안을 조장하고 계시잖아요. 유감스럽게도 제가 선생님의 기록부를 보지는 못했지만 선생님이 여기 계신 데는 그만 한 이유가 있는 거예요."

"무슨 말인지……."

조금 전 나를 사로잡았던 끔찍한 예감이 한층 더 강력하고 공포스럽게 다가왔다. 순간, 나는 폭발했다.

"제기랄, 출구가 대체 어디냐고!"

나는 자리를 박차고 일어났다. cX4f57U!g가 지긋지긋하다는 듯 고개를 가로저었다.

개자식, 환승할 비행기를 놓치거나 캐리어를 잃어버린 승객들의 문제를 처리하는 별 볼 일 없는 관리직으로 오랜 세월 이 자리를 지킨 그는 이런 순간에 이골이 났을 것이다. 어떻게 그럴 수 있었는지는 잘 모르겠지만 나는 그의 넥타이를 잡아채 멱살을 잡았다. 그리고 그를 때리기 시작했다. 일생 동안 단 한 번도 주먹질을 해본 적이 없던 나였는데! 빗나갔을 수도 있지만 나는 내게 빈정거린 이 공무원의 면상에 온 힘을 다해 주먹을 날렸다. 손가락 관절들이 그의 광대뼈를 사정없이 후려쳤다. 심지어 그는 반격도 하지 않았다. 그는 웃고 있었다, 웃고 있다니! 찢어질 듯 헐떡거리는 그의 웃음소리가 아직도 내 귀에 쟁쟁하다.

주먹질은 채 1분을 넘기지 못했다. 붉은색 유니폼의 직원 한 팀이 급하게 달려와 우리를 떼어놓았다. cX4f57U!g는 그들에게 고마움을 표시했고 나는 계속 몸부림을 쳤다. 그들은 내가 어딘가에 부딪히지 않도록 나를 움직이지 못하게 꽉 붙잡았다. 나는 차츰 평정심을 되찾았다. 증오심이 가라앉자 좌절감이 몰려왔다. 껍데기만 남아 있는 기분이었고 손가락 하나 까딱할 수 없었다.

"당신이 뭔데 나를 못 나가게 해……." 나는 넥타이를 고쳐 매는 cX4f57U!g에게 항의했다.

"정말이지, 너무 난감하군요." 그는 다시 진지하게 말했다. "저희가 부족함 없이 잘해드리고 있잖아요. 저희는 어떤 출구도 완전히 쓸모없게 만들었어요. 선생님은 아무런 부족함도 느끼지 못하실 거예요. 몇백 년, 아니 몇천 년 후면 곧 알게 되실 거예요. 그때는 더 이상 이곳을 떠나고 싶다는 생각이 들지 않을 거예요. 형편없고 예측할 수 없는 바깥에서 뭘 찾으시려고요? 이 초현대식 공항에서 영원히, 완벽한 안전을 보장받으며 모든 것을 할 수 있잖아요. 가상현실로 보츠와나 코끼리들 틈에 들어가볼 수도 있고요. 선생님이 그걸 무척 좋아하시는 것 같던데." 마지막으로 그가 낄낄대며 내게 소리쳤다.

붉은색 유니폼의 관리부 직원들은 불편을 드려 죄송하다고 말하며 내게 물티슈를 건네고는 나를 다시 공항 로비 쪽으로 데리고 갔다.

"그런데 정말로 새 옷을 좀 사셔야겠어요." 그들 중 누군가 자리를 뜨며 내게 말했다.

4장

나보다 먼저 창조된 것은
영원 외에 어떤 것도 없으니
나 영원히 여기에 머무르리라
여기 들어오는 자, 모든 희망을 버릴지어다
《신곡》 제3곡

여러분에게 전하고자 하는 이야기 중에서도 이 부분을 쓰려고 하니 너무나 견디기 힘들었던 그때가 어쩔 수 없이 다시금 떠오른다. 그러나 다행스럽게도 글쓰기가 너무 괴로워질 때, 자칫 끝나지 않을 뻔했던 그 광기가 다시 살아나려 할 때, 나는 눈을 들어 창문의 격자 유리창을 통해 저 먼 데를 바라볼 수 있다. 거기에는 피오르 저편에서 일렁이는 거대한 잉크 얼룩 같은 시커먼 바다가 있다. 내 시선은 수십 분, 때로는 내리 수 시간, 음영이 거의 없으나 이따금 여기저기 거품이 이는 그 광활한 바다에 잠긴다. 파도에 나의 상념들을 내던지고 그것들이 바다의 규칙적인 호흡에 질식하도록 내버려두면 그 상념들은 멀리서 밀려왔다가 결국 부서지는 파도처럼 산산이 흩어진다. 수백 년 동안 쌓인 수백만 개의 이미지를 애써 몰아내, 그것들을 그윽하고 깊은 망각 속에 가라앉히고 나서야 서서히 머리가 맑아진다. 쥐가 긁어대는 듯한 소리를 내며 노파가 우리 집 문을 가볍게 두드릴 때, 나는 단조로운 바다 소리로 완벽해진 이 고요가 깨진다는 생각에 흠칫 놀라 아주 자그마한 소리도 내지 못하고 대개는 노파에게 대답을 안 하고 만다. 가끔씩은 노파에게 차 한 잔을 부탁하기도 하는데, 그것은 나의 적요한 하루에서 대단히 큰 이벤트다. 오늘 같은 경우에는 차를 두 잔 마셨다. 한 잔은 우유를 넣고, 한 잔은 우유 없이. 두 번째 마실 때는 차를 너무 오래 식혀 차가워졌다. 내일은 좀 더 신경을 써야겠다.

어쨌든 나는 이 이야기를 진행시켜야 한다. 그런데 우리 중에 증언을 해줄 만한 사람이 너무 없다.

⚜

붉은색 유니폼의 직원들은 스위스 초콜릿 가판대 앞에 나를 두고 가버렸고, 나는 무의식적으로 다른 승객들처럼 가판대 앞에 줄을 섰다. 이제 나에게는 시간이 충분하지 않은가? 다섯 살 어린애를 대하듯 손뼉을 치며 짐짓 상냥하게 뽀뽀하듯 입술을 내미는 점원 덕에 용기를 얻은 나는 모형 암소의 젖을 당겨 초콜릿 하나를 손에 넣었다. 나는 중앙 통로에 마련된 승객용 의자에 앉아 늘 그렇듯 빽빽하게 모여 이동하는 인파를 바라보며 초콜릿 껍질을 깠다.

바로 그때, 나는 내가 완전히 착각하고 있었다는 것을 깨달았다. 내가 있는 이곳은 천국이 아니라 지옥이었다. 영원히 계속되는 가혹한 형벌이란, 유황불과 쇠꼬챙이가 아니라 등받이가 조절되는 안락한 의자가 있는 공항 대기실이었다. 회계사는 나를 교묘하게 속였다. 나는 초콜릿을 입에다 욱여넣었다.

이제 어디로 가지? 우선 가장 급한 일부터 처리하고 변변한 옷으로 갈아입어야 했다. 나는 맨 처음으로 눈에 띈 기성복 매장에 들어갔고 호리호리하고 상냥한 점원은 내 손을 붙잡았다. 나는 하루도 채 가지 못하는 얄팍한 원단으로 옷을 만든 그 비양심적인 재단사에 분

노하며 구김이 가고 너덜너덜해진 내 양복을 그에게 보여주었다. 점원은 당황한 기색이 역력했다.

"그 양복보다 질긴 옷이 있을지 모르겠네요……."

"저기요, 전 까다로운 사람이 아니에요. 이 양복은 괜히 안 하던 짓을 하는 바람에. 하지만 다시는 이런 양복을 입을 생각이 없어요. 분명히 말하는데 나는 고급 옷에 관심이 없어요. 질기기만 하다면 어떤 거친 옷감이어도 괜찮아요."

"여기 새로 오셨나요?" 그가 나지막한 목소리로 물었다.

질리도록 받은 질문이었다. 이 공항도 다른 공항들과 전혀 다를 바가 없었다. 또 다른 대기실, 또 다른 레스토랑, 또 다른 기념품 숍이 아니라면 내가 더 무엇을 발견할 수 있을까? 이 공항에 처음 온 건 맞지만 이미 모든 것을 빠삭하게 알고 있었다.

"더 나은 옷감을 보여드릴 수 있을지 모르겠네요……. 질긴 옷감을 원하시면 이런 것도 있긴 합니다." 그는 내키지 않는 얼굴로 카키색 바지를 보여주며 말을 이어갔다. "이 바지는 사나흘은 입으실 수 있을 거예요."

"사나흘이요?" 적잖이 놀란 내가 되물었다. "사나흘

이 지나면요?"

"그때는 당연히 새 옷을 사셔야죠!"

"어이가 없군!"

그가 얼굴을 찌푸렸다.

"돈을 써야 돈이 돌지 않겠어요? 손님들이 구매한 물건을 몇 달씩, 몇 년씩 사용하면 우리는 뭐가 남겠어요! 뭐가 문제죠? 돈이 없으세요?"

"그건 아니지만……."

"그러면 시대를 따라가셔야죠! 요즘에는 유행이 얼마나 빨리 바뀌는데요."

나는 황급히 자리를 떠 옆 가게로 갔지만 똑같이 면박을 당했다. 이곳의 모든 상점 주인들이 다 한통속인 것만 같았다. 나는 울며 겨자 먹기로 사흘은 입을 거라는 추리닝 한 벌과 셔츠 여러 벌을 구입했다. 나는 중앙 로비로 돌아와 벤치에 앉아 여행 가방을 열고 구입한 옷들을 정리했다. 그런데 눈 깜짝할 사이에 시간이 흘러버렸다는 사실을 자각하고 나는 무척 당황했다. 가방에 있던 내 물건들은 백 년이라도 지난 듯, 골동품상에서 보던 고물처럼 보였다. 양말에는 구멍이 나 있었고 신발 밑창은 너덜너덜했다. 잡지는 누렇게 바랬고 쌍안경은 이동하는 동안 깨져버린 모양이었다. 고심하며 고른 사파리에서 쓸 물건들에는 하나같이 뿌연 먼지가 뒤덮여 있었다. 치약마저도 바짝 말라 쓸 수 없는 지경이었다. 짜증이 치밀어 여행 가방을 닫으려다 지퍼에 손가락이 끼이고 말았다.

나는 이 구닥다리 물건들을 처음으로 마주친 쓰레기통에 버리고 전부 새로 사기로 했다. 그쯤이야 상점들이 차고 넘치는 마당에 누워서 떡 먹기였다. 그런데 라벨을 자세히 살펴보니 유통기한이 표시되어 있어야 할 곳에 '사용 기한'이 표시되어 있었다. 어떤 상품의 사용 기한도 일주일이 넘지 않았다. 그때 나는 의도적으로 단명하게끔 제작된 제품의 장점을 골자로, 내가 예전에 썼던 논문을 떠올리지 않을 수 없었다. 나는 그 논문에서 한시적으로 소비되는 상품들은 더 치열한 경쟁을 유발할 수 있고, 그로 인해 시장을 건전한 방향으로 쇄신할 수 있다고 주장했다. 그 논문은 꽤 호평을 얻었고 이후, 나는 여러 국제 학회로부터 초청을 받기 시작했다. 얄궂게도 내가 장거리 비행에 익숙해진 것이 바로 그 때문이었다. 그렇지만 아무리 그래도 다음 날 쓸 것을 마련하느라 오늘 하루를 쇼핑하는 데 다 써버릴 수는 없지 않은가! 지옥이 영원히 존재한다고 해도 그곳에 있는 모든 것은 한시적이었다. 사람이나 물건이나 그곳에서는 사라지고 또 사라질 뿐이었다.

그때 나는 한 부스 위에 극장에서 내거는 것 같은 대형 포스터가 걸려 있는 것을 발견했다. 포스터에는 '보츠와나가 바로 여기에'라는 문구가 쓰여 있었다. 부스 안쪽을 보니 검정색 헤드셋과 센서를 장착한 스무 명 남짓한 승객들이 좌우로 건들거리고 있었다. 마치 눈알이 툭 튀어나온 거대한 곤충들이 뭔지 모를 춤을 추고 있는 것처럼 보였다. 그제야 cX4f57U!g가 헛말을 한 게 아니라는 걸 깨달았다. 내가 접근할 수 있는 출구는 오직 가상현실의 출구뿐이었다. 살아생전 나는 이 주제에 관한 글을 쓴 적이 있었고, 그 글에서 효율성을 상당 부분 높여줄 수 있는 가상현실이 실제 현실을 얼마나 대체할 수 있을 것인가를 논했다. 그런데 가상현실이 결국 실제 세계를 집어삼킬 것이라고 누가 상상이나 했겠는가.

나는 체념한 채 좌석을 구매하고 참을성 있게 내 차례를 기다렸다. 그리고 그 틈에 새로 산 사파리 여행용 의상을 착장했다. 어쨌든 한 번은 이 옷을 입게 되었으니 다행이었다. 내 차례가 되어 헤드셋을 착용하니 어느새 사바나 한복판이었다. 나는 표범이며 검은 코뿔소, 천산갑, 사바나캣, 매와 같은 온갖 희귀한 아프리카 동물들을 아주 가까이에서 실컷 구경했다. 악어 꼬리 위를 걸어보기도 하고 사자 갈기를 쓸어보기도 했으며 코끼리 코를 만져보기도 했다. 나는 영화를 볼 때처럼 내 눈앞에 펼쳐진 광경이 실재한다고 쉽사리 믿게 되었지만, 저건 가상일뿐 실제로는 존재하지 않는다는 막연한 의식은 내 머릿속을 맴돌며 떠나지 않았다. 가상현실은 재미있었지만 금세 싫증이 났다. 야생동물을 본다는 기대감에 가득 차 가만히 숨죽이고 있다가 실제로 그것들을 만나고 놀라지 않는다면, 사파리에서 맛볼 수 있는 즐거움을 빼앗긴 것이나 마찬가지 아니겠는가? 우리에게 금지된 것이 아니라면 대체 어디서 아름다움을 발견할 수 있겠는가? 그렇다고 우리의 욕망을 실현시켜주기 위해 특별히 설계된 기계에 대고 그 욕망을 좌절시켜달라고 요구할 수도 없는 노릇이었다. 검정색 튀튀를 입은 우아한 발레리나 같은 타조 몇 마리가 발레를 하듯 내 앞을 줄지어 지날 때, 나는 타조들에게 작별 인사를 건넸다. 그리고는 곧바로 스위치를 끄고 모험가 땡땡 같은 옷을 그대로 입은 채 다시 유령의 무리 속으로 들어갔다.

'여기서는 오래 버틸 수 없겠다'고 생각했다. 아무리 생각해도 현실을 인정할 수가 없었다. 나처럼 온화하고 얌전하고 평범한 사람이 어째서 지옥에 떨어진 저 무리들 사이에 내던져진 것인가? 이것이야말로 욥이 겪은 온갖 가혹한 시련에 맞먹는 고통이 아니겠는가? 신이 나중에 더 큰 은혜를 내려주시려고 지금 나를 절망에 빠트리시는 것일까? cX4f57U!g는 그저 카사네 외부에는 잘 알려지지 않은 어떤 지역의 폭군일 수도 있었다. 나는 워싱턴으로 가는 항공편을 알아보려고 키오스크 쪽으로 걸어갔다. 나는 문명화된 세계를 상징하는 그곳에서는 조금 다른 대우를 받을 수 있으리라, cX4f57U!g보다 훨씬 사리에 밝은 책임자들과 이야기를 나눠볼 수 있으리라 생각했다. 그런데 아쉽게도 이번에는 가장 낮은 등급의 '드리머(모두가 알다시피 이름이 낭만적일수록 현실은 형편없다)' 좌석만 딱 한 자리 남아 있었다. 퍼스트 클래스 티켓을 충분히 구입할 수 있는데도 키오스크 화면에는 스마일 이모티콘과 함께 '이용 불가'라는 짧은 문구만 계속 표시되니 짜증이 밀려왔다. 나는 한시라도 빨리 카사네를 떠나고 싶어 '드리머'가 되어 열다섯 시간 동안 비행하는 것을 기꺼이 감수하기로 했다. 이것이 내가 시스템에 저항하려 했기 때문에 받은 처벌이었다는 것을 깨달은 것은 한참 후의 일이었다.

산 자들의 세상에서 여러분은 여전히 항공 교통의 열악한 환경을 감내하고 계시리라. 그러니 여기서 입국심사를 위한 줄, 세관을 통과하기 위한 줄, 신문을 사기 위한 줄, 자리에 앉기 위한 줄, 소변을 보기 위한 줄, 줄을 서기 위한 줄에 대해서는 굳이 언급하지 않겠다. 57B 좌석이 지정된 싸구려 R등급 티켓으로는 아무것도 할 수가 없었다. 승무원들은 상냥하면서도 진저리가 난다는 얼굴로 몰아치고 소용돌이쳤다가 소멸하며 쉴 새 없이 쏟아지는 승객들 틈바구니로 나를 데려가 어디로 가면 되는지 알려주었다. R등급의 R이라는 치욕적 낙인을 거대한 글자로 설치해놓은 형형색색의 로비 안에 갇힌 나는 족히 열 군데가 넘는 검색대를 통과해야 했다. 어떤 승객들은 그저 무덤덤하게 탑승을 기다렸고, 나락으로 떨어졌다는 동질감을 느끼며 체념한 승객들은 제 집이라도 되는 양 제멋대로 길게 누워 있었다. 거기에는 손톱을 깎는 사람들, 또는 만족할 줄 모르는 긴 키스를 하며 극도로 흥분해 서로를 애무하는 사람들이 있었다.

몇 시간이고 억지로 그들과 한 무리가 될 수밖에 없었던 나는 선택받지 못한 사람들 틈에 둘러싸인 기분이었고, 어이없게도 나의 운명이 그들의 운명에 엮여 있다는 느낌을 지울 수 없었다. 탑승 시간이 되어 퍼스트 클래스 승객들이 홍해를 가르는 모세처럼 R등급 무리 한가운데를 가르며 흐뭇한 미소로 열을 지어 당당하게 지나가는 모습을 보니 가슴이 옥죄어왔다. 바로 얼마 전까지 나도 저기에 있었는데! 나는 선택받은 자들의 그룹에서 제 발로 걸어 나왔고 바로 그 순간, 그 특권을 되찾는 것보다 더 중요한 것은 아무것도 없다는 생각이 들었다.

비행기가 이륙한 뒤, 자리가 너무 협소해 나는 최대한 몸을 구부려야 했고 휴대용 베개를 머리에 괴었다. 계산해보니 적어도 48시간 동안 잠을 자지 못하고 깨어 있었다. 한숨 푹 자는 것이 시간을 죽이는 최고의 방법인지도 몰랐다. 그런데 이상하게도 나는 전혀 피곤하지 않았다. 끊임없이 말려 올라가는 블라인드를 아래로 잡아당기듯 억지로 눈을 감아봐도 금방 다시 눈이 떠졌다. 나는 잠을 자보려고 노력하고 또 노력했다. 몸을 뒤틀며 할 수 있는 온갖 자세를 취해보기도 했다. 초록색 풀들이 돋아난 초원, 파도가 밀려오는 바다, 하물며 은하계

한가운데서 점점 커지는 블랙홀까지 떠올려봤지만 같은 질문을 떠올리고 같은 불안을 유발하는 나의 의식을 잠재울 수는 없었다. 그냥 되는대로 나를 내버려두는 일, 그 달콤한 휴식은 이제 더 이상 내게 허락되지 않았다. 하품이 나오려고도 했다. 그러나 횡격막은 여전히 무기력했다. 눈꺼풀을 비벼보기도 했지만 약간의 눈물도 나오지 않았다. 의식은 명료했고 근육은 경직되어 있었다. 내 몸의 어떤 부분도 잠들려고 하지 않았다. 주변을 둘러봤다. 어두침침한 기내에서 조는 사람은 아무도 없었다. 게다가 말을 하는 사람도 없었다. 몇몇 사람들은 이상할 정도로 몇 개 안 되는 영화 목록을 살펴보며 영화를 고르고 있었지만 대부분은 아무것도 하지 않고 그저 멀거니 앉아 있었다.

이곳에서 우리는 꿈을 꿀 수 없었다. 우리는 자신의 상념이라는 감옥에서 영원히 나올 수 없는 종신형을 받은 죄인들이었다.

울 수 있었다면 그렇게 했을 것이다. 그러나 그 능력 역시 내게서 사라져버렸다.

모든 것이 더 넓고 더 크고 더 현대적인 것 같은 워싱턴 공항에 도착하니 마음이 놓였다. 공항이 넓은 만큼 비행기가 게이트까지 가는 데 족히 30분은 걸렸다. 수도는 수도였다. 세관으로 갈 때까지 나는 간판과 광고로 뒤덮인 복도를 지나야 했다. 애니메이션 영상이 쉴 새 없이 내 눈길을 사로잡았다. 귀걸이나 캔 음료수를 홍보하는 벌거벗은 육체가 번갈아 나오며 나를 흥분시키는 바람에 나는 200미터에 한 번씩 발기를 했다. 지나는 길에 나는 마르세유 비누며, 나무로 만든 퍼즐, 레이스 슬립, 향초, 깜찍한 디자인의 착즙기, 스페인산 도자기, 복사판 항해 지도, 스마트 워치에 이르기까지, 인류가 만들어낸 모든 물건을 한눈에 훑어볼 수 있었다. 전 세계 온갖 음식들의 냄새도 풍겨왔다. 볶음 국수, 프로방스식 스튜, 모로코식 쿠스쿠스, 졸로프 라이스•, 미소된장국, 기니피그 바비큐, 고르곤졸라 파파르델레, 탄두리 치킨, 피로시키••, 뵈프 부르기뇽•••, 페킹덕, 그리고 햄버거가 뿜어내는 저마다의 냄새가 이국적으로 꾸며진 식당들에서 새어 나왔다. 그러나 나는 목적지에 빨리 도착하고 싶은 마음에 그 수많은 유혹을 뿌리쳤다. 공항 로비에서

• 서아프리카 지역에서 주로 먹는 매운 볶음밥

•• 빵이나 파이로 만든 껍질에 각종 고기와 야채를 소로 넣어 만든 러시아의 빵

••• 적포도주를 넣고 졸여서 만드는 프랑스식 소고기 스튜

나오는 음악들이 쟁쟁하게 퍼져 유난히 귀가 윙윙 울렸다. 별의별 소음을 다 뚫고 가야 하는 여정은 한 시간 남짓 이어졌다. 나는 본능적으로 걸음을 재촉했고 살아생전에 봤던 나무 몸통에 그려진 표식과 같은 픽토그램이 있는지 유심히 살펴봤다. 내게 익숙한 계곡이 있는 풍경을 상상해보려 했지만 허사였다. 눈을 깜빡이는 판다나 매끈한 엉덩이만이 불행하게도 뒤죽박죽인 내 머릿속을 계속해서 지배하고 있었다.

나는 체념하고 출구를 찾지 않기로 했다. 그리고 침착하게 붉은색 유니폼의 직원에게 다가가 세상에서 가장 공손하게 컴플레인을 제기할 수 있는지 물었다. 앳된 얼굴을 하고 예스럽게 콧수염을 다듬은 그에게 왠지 신뢰가 갔다. 견장이 달린 유니폼을 입은 그는 벨 에포크 시대의 엘리베이터 보이 같은 느낌을 풍겼다.

"물론입니다." 그가 미소를 지으며 말했다. "이쪽으로 오시죠."

엘리베이터 보이는 리넨 가방 가게와 건강기능식품 가게 사이에 숨겨진 어떤 문을 열었다. 그러자 투명한 창자로 된 짐승의 뱃속 같은 공간이 눈앞에 펼쳐졌고, 그곳에서는 백여 명의 직원이 공항을 원활하게 운영하기 위해 끊임없이 움직이고 있었다. 그 공간은 벽뿐만 아니라 천장까지 유리로 되어 있어 무중력 상태에 둥둥 떠 있는 느낌이었다. 그곳에는 사무실도 작업장도 없었다. 다만 회의시간 동안 직원들이 잠깐 멈춰 서 있을 수 있는 유리로 된 공간이 있을 뿐이었다. 워싱턴에서는 훨씬 전문적으로 일 처리를 한다는 것은 익히 들어 알고 있었다. 엘리베이터 보이는 문을 밀치고 협소한 유리 평행육면체 안에 나를 앉혔다. 그래서 우리는 가운데 유리를 두고 서로 떨어져 있게 되었다. 고해소에서처럼 유리판에 구멍이 뚫려 있어 대화는 가능했다.

"우선 대화가 녹음된다는 것을 미리 고지합니다. 그 이유는……."

"네네, 그러시죠."

"좋습니다. 무슨 일 때문에 그러시죠?"

나는 무슨 말부터 해야 할지 몰라 머뭇거렸다.

"주로 접수되는 컴플레인은 세 종류입니다." 그가 말을 이어갔다. "비행기 연착, 청결하지 않은 화장실, 짜증 내며 언성을 높인 직원에 대한 컴플레인이 가장 많죠. 그렇지만 이해를 좀 해주셔야 해요. 최근에 손님들이 많이 몰려서요. 계속되는 전쟁과 전염병 때문에 이곳의 수용 능력도 한계를 넘어섰거든요. 세상사 일장일단이 있는 법이고 사업적으로는 성공을 했으니 불평해서는 안 된다고 생각하실 거예요. 맞아요. 하지만 저희도 적응할 시간이 필요하거든요. 현재 대규모 투자가 진행되고 있고요……."

"아니, 아니요. 그런 게 아니에요……. 서비스는 정말 좋았어요."

그는 의아해했다.

"그러면 무슨 일로 컴플레인을 하시려는 거죠?"

"그러니까…… 저는, 제가 실수로 여기에 보내진 것 같아서요."

"아, 오랜만에 듣는 말이네요. 요즘에는 대개 사람들이 훨씬 이성적이어서요. 자기 스스로를 잘 파악하고 있더라고요."

"저도 무척 이성적인 사람이에요. 저는 경제학자라고요!" 나는 버럭 소리를 질렀다. 엘리베이터 보이는 콧수염을 쓰다듬으며 유리 칸막이 너머로 나를 물끄러미 쳐다봤다.

"그러고 보니 조금은 짐작이 되네요. 선생님 눈빛에 뭔가 있어요. 뭔지 모를 것을 찾는 눈빛. 저 사람은 평온한 상태가 아니구나, 생각하게 되네요."

"이것 좀 봐주세요." 그의 빈정거림에 아랑곳하지 않고 나는 계속 말했다. "제 기록부를 보면 알겠지만 저는 정말 아무런 잘못도 안 했어요. 아주 심심할 정도로요. 대출금도 착실하게 갚아나갔고, 아내에게도 성실했고, 아들도 바르게 키웠고, 시험 답안지도 모두 다 직접 채점했고, 또 이해충돌을 피하기 위해 온갖 기업들의 접근도 피했어요……. 그런데도 제가 왜 여기 있어야 하는지 도무지 이해할 수가……."

엘리베이터 보이는 내 말을 흘려들으며 키보드를 두드렸다.

"굳이 잘못한 일을 꼽으라면……." 나는 목소리를 낮추며 계속 말했다. "자위행위를 한 적은 있는데…… 하지만 그건 누구나 다 하는 거잖아요?"

그는 모니터를 내 쪽으로 돌렸다. 서로 연결된 복잡한 선들에 의해 별 모양으로 배치된 여러 이름이 보였다. 나는 붉은색으로 선명하게 동그라미가 쳐진 내 이름을 발견했다.

"자, 보세요. 의심할 만한 건 전혀 없어요."

내 안에서 깊은 절망이 차오르는 듯했다. 막다른 골

목이었다.

“그럼 적어도 저한테 설명은 해주셔야죠!”

“설명할 게 없습니다.”

“어떤 기준으로 이런 결정을 내린 건가요? 하다못해 인지편향이 결정에 영향을 미친 건 아닌지 검토해보기는 했나요?”

“저희는 아무런 결정도 하지 않았습니다. 결정을 한 건 선생님이시죠.”

“제가요? 아무도 저한테 의견을 물은 적이 없어요. 정말이에요. 저는 단 한 번도…….”

“저희가 성심을 다해 선생님의 꿈을 실현해드렸잖아요. 그런데 아직도 불평을 하시는 건가요?”

“내 꿈, 내 꿈이라니, 대체 어떤 꿈을요? 저는 어떤 꿈도 없었어요! 저는 더없이 조용했고, 더없이 점잖았고, 때로 멍청하기도 했어요. 그래요, 그건 인정해요. 하지만 무언가 꿈을 꾼 적은 절대로 없었다고요.”

“음, 그럼 아주 잘됐네요. 이곳에는 더 이상 꿈이 없으니까요. 더 이상 아무런 꿈도. 영원히.”

엘리베이터 보이는 다시 콧수염을 쓰다듬기 시작했다. 나는 화내지 말자고 다짐했지만 오만하고 애매한 그의 대답에 그런 다짐은 금세 허물어지고 말았다. 이제 이판사판이었다.

"여기서 나가고 싶어요."

"죄송합니다." 그는 한탄스런 얼굴로 내게 말했다. "설계자들이 이곳에 출구를 만들어놓지 않았어요."

"심사를 다시 받고 싶어요."

"죄송합니다. 심사 코드는 변경할 수 없습니다."

"책임자를 불러주세요."

"죄송합니다. 제가 책임자입니다."

나는 코웃음을 치며 그를 쳐다봤다.

"책임자는 접니다." 그는 단호하게 같은 말을 반복했다. "바로 우리, 우리 모두가 책임자죠."

'책임자'의 의미를 명확하게 알지 못하는 모양이었다. 그래서 나는 지금까지 소중하게 간직했던 궁극의 말, 금기의 말을 내뱉기로 했다. 나는 그 존재를 단 한 번도 믿은 적이 없었지만 이런 상황에서는 어쩔 수 없었다. 나는 경제학자였고 당장 눈앞에 있는 현실을 고려해야 했다.

"신을 만나고 싶어요."

"죄송합니다. 제가 신입니다. 바로 우리, 우리 모두

가 신이죠."

머리가 멍해지는 기분이었다. 머리가 너무나도 멍해져서 우리를 가로막고 있는 유리 칸막이에 머리를 기댔다. 그의 고른 숨소리, 그러니까 신의 숨소리가 들렸다. 내게는 더 이상 아무런 희망이 없었다. 굴복하는 것 외에 더 이상 할 수 있는 일이 없었다. 나는 견장을 달고 잘 다듬은 콧수염이 있는 그의 품속에 파고들고 싶었는지도 모른다. 나는 신이 거대하고 관대하며 무한한 존재일 것이라 상상했고, 그런 신은 보잘것없고 불행한 나의 고통을 달래주고 은총을 내려 내가 평안을 찾을 수 있게 해줄 것이라 믿었다. 그렇게 평온함 속으로, 붉은색 유니폼의 직원들이 가득한 이 공간에서 완전히 사라져버릴 수만 있다면! 그러나 이내 나의 생각은 명료해졌고 다시 머리가 아파왔다. 엘리베이터 보이는 유리 칸막이를 톡톡 두드렸다.

"용무 끝나셨으면 저는 이만 손님들을 맞으러 가보겠습니다." 그가 내게 말했다. "말씀드렸다시피 지금 일손이 부족해서요……. 어쨌거나 더 높은 등급으로 승급되고 싶으시면 조용히 계시는 게 좋겠다는 말씀밖에는 드릴 말씀이 없네요."

나는 그렇게 다시 로비로 돌아왔고 딱히 할 일이 없었기에 늘어선 의자들 사이에 질서정연하게 배치된 안마 의자에 털썩 주저앉았다. 안마 의자는 한 번도 사용해본 적이 없었다. 영원히 시간을 죽여야 하는 판에 못할 것이 무엇이랴? 안마 의자가 작동하기 시작했다. 진동이 근육을 부드럽게 풀어줬다. 진동은 때때로 승모근을 따라 올라오거나 엉덩이 부분을 건드려서 나를 놀라게 했다. 보이지 않는 손은 나를 움켜잡고, 옥죄고, 꽉 붙잡았다. 앞으로의 일을 생각하지도 않아도 되는 그 짧은 시간을 즐기면서 나는 안마 의자에 몸을 내맡겼다. 내 앞에는 고작 몇 분 간격으로 출발하는 항공 현황판이 있었다. 보스턴, 호놀룰루, 베이징, 텔아비브, 부에노스아이레스, 모가디슈, 시드니, 멕시코, 캔자스시티, 베를린, 카이로, 헬싱키…… 이제 나는 무슨 계획을 세울 수 있을까? 똑같은 상점, 똑같은 식당, 똑같은 마사지숍이 있는 거기서 거기인 공항 로비, 그러니까 세상의 모든 도시를 이미 경험한 마당에 어떤 여행인들 하고 싶은 마음이 생기겠는가? 무엇보다도 내 기록부의 수정을 거절당한 마지막 면담 이후, 나는 다시 R등급으로 강등될 위험을 감수하고 싶지 않았다. 나는 워싱턴에 머물기로 했다.

긴장이 풀리고 마음이 편안해진 나는 자리에서 일어나 계획을 세우기 시작했다. 곧 사용 기한이 만료될 옷들을 갈아입어야 했다. 광고에서 본 DF12R 게이트에 있는 새로 오픈한 타파스 바에도 가봐야겠다고 생각했다. 50미터 앞에서 형형색색으로 나를 유혹하는 가상 볼링장은 두말할 필요도 없었다. 그러나 무엇보다도 우선은 목을 축일 물을 한 병 사야 했다. 나는 처음으로 만난 식료품 가게에 들어갔다.

"탑승권 있으십니까?" 공항에서 늘 그렇듯 캐셔가 내게 물었다.

"아니요, 저…… 저는 여기 잠깐 머무는 거라서."

"탑승권을 보여주셔야 합니다."

"지금은 탑승권이 없어요. 이렇게 빨리 갖고 있어야 하는 줄 몰랐어요."

"모두가 탑승권을 가지고 있어요. 그게 아니면 공항에는 왜 오신 거죠?"

"그게 바로 저의 문제네요."

별 이상한 사람을 다 본다는 듯 그녀가 나를 쳐다봤다.

"어쨌거나 탑승권이 없으면 구매를 하실 수 없어요."

"그럴 리가요. 제 계좌에는 잔고가 충분해요. 정말이에요."

"그러시겠죠."

"그럼 어떻게 해야 하나요?"

"탑승권을 갖고 계셔야죠. 죄송합니다."

"목이 타서 죽는 편이 낫겠어요." 나는 물통을 내려놓으며 말했다.

"죽지는 않으실 거예요." 그녀가 한숨을 내쉬었다. "목은 마르시겠지만."

다른 가게들도 가봤지만 이구동성으로 똑같은 대답을 할 뿐이었다. 탑승권 없이는 아무 데도 갈 수 없었다. DF12R 게이트에 있는 타파스 바도 나를 받아주지 않았다. 심지어 화장실 관리인도 화장실에 들어가지 못하게 했다. 이러다가는 화분에 오줌을 누고 고통을 견디면서 반쯤 벗은 채로 공항을 배회해야 할 판이었다. 나는 이내 체념하고 샌프란시스코행 티켓을 끊었다. 이렇게 전 세계를 누벼야 하는 나의 유목 생활은 영원히 멈추지 않을 것만 같았다.

5장

쉴 새 없이 몰아치는 지옥 같은 폭풍우는
맹렬한 위세를 떨치며 어둠을 몰고 오나니
그때 나는 깨달았다네
그러한 고통은 욕망에 사로잡혀 이성을 저버린
육체의 죄를 지은 이들의 운명이라는 것을
《신곡》 제5곡

오늘은 모두가 기분 좋게 잠에서 깨어났다. 마치 어떤 공간을 꽉 메우는 덩어리처럼 온통 시커먼 구름이 모든 풍경을 지우며 피오르 위에 드리워져 있었기 때문이다. 시선은 자연스레 그곳에 섞여들고 상념들은 아무런 충돌도 없이 사라져버린다. 모두가 그 시간을 만끽한다. 나는 아침 식사 시간에 우리의 자그마한 공동체에 함께 살고 있는 세 사람을 마주쳤는데, 그들 역시 한눈에 봐도 나만큼이나 즐거워 보였다. 우리가 이렇게 모두 모이는 일은 꽤나 드물었고, 침묵을 깨고 말을 하는 일은 더 더욱 드물었다. 그렇지만 오늘 아침에는 이렇게 모인 김에 우리가 한 주 동안 해야 할 일을 분담해야 했다. 우리는 가능한 적게 일했지만 무척이나 소박한 생활을 유지하기에는 부족함이 없었다. 차나 양초처럼 우리 스스로 생산하지 못하는 물건들은 노파가 한 달에 한 번 시장에 가서 그것들을 사왔다. 그 외에 낚시로 얻은 생선, 젖소에서 짜낸 우유, 채소 몇 가지, 땔나무, 암탉이 낳은 알만 있어도 먹거리는 충분했다. 경제라는 학문의 태동기에 아리스토텔레스가 경제에 부여한 의미, 오이코스-노모스*oikos-nomos*, 즉 공동체를 잘 운영해 생필품을 생산한다는 그 의미를 깨닫는 데 그토록 오랜 시간이 걸렸던 셈이다.

나는 루이와 오랜 시간 좋은 관계를 유지하고 있었다. 예전에 파리에서 가장 화려한 파티를 열고 놀기 좋아했던 한량 루이는 이제 이곳의 평범한 삶에 완전히 적응했다. 매부리코를 하고서도 루이의 얼굴은 온화하고 상냥해 보였다. 그는 게딱지만 한 집에서나 궁궐 같은 집에서나 늘 편안해 보였다. 그는 좋은 것이든 나쁜 것이든 운명이라 생각하며 주어진 것에 만족했다. 그의 이런 느긋한 성격 덕분에 우리는 소일거리를 함께 하는 데 완벽한 파트너가 될 수 있었다. 그의 원예 지식은 우리에게 큰 도움이 되었는데, 그는 텃밭을 정말로 훌륭하게 가꿀 줄 알았다. 그 덕분에 양배추와 감자가 주재료인 우리의 소박한 요리에서 기대하지 않았던 색다른 맛을 즐길 수가 있었다. 그는 오로지 손자 루이 얘기가 나올 때만 언짢아했는데, 그는 손자 때문에 '소뇌가 시끄러워지는 것'(그의 표현을 그대로 인용한다)을 원치 않았다. 내 삶도 통제하지 못하는 마당에 무엇 때문에 타인의 삶을 간섭하겠는가?

오늘 점심에는 어느 돌길에서 그런 건지 노파가 망가트린 고물 자전거 타이어에 고무를 덧대 수리를 해야 했다. 경사가 급한 길을 갈 때는 자전거에서 내려 걸어가라고 몇 번을 말했는데도 고집스런 노파는 넘어지고, 다치고, 또다시 자전거를 타고 또다시 넘어지기를 반복했다. 풀을 뜯는 양들 사이에서 치마를 바람에 흩날리며 자전거 프레임만큼이나 가느다란 다리로 언덕 위에서 몸을 좌우로 흔들며 자전거를 타는 노파를 여러분이 한번 봤어야 하는데. 진땀을 흘리고 숨을 헐떡대며 끙끙거리면서도 노파는 결코 멈추지 않을 것이다. 바람이며 햇빛, 소금, 대지, 빛, 그리고 그림자가 자신의 그을린 피부에 닿을 때 노파는 커다란 행복을 느끼기 때문이다. 폭풍우가 몰아칠 것임을 알아차린 노파는 무척이나 설레어하며 곧장 밖으로 나갔다. 저녁이 되면 비에 흠뻑 젖어 투덜거리면서도 환하게 웃으며 돌아오는 노파를 다시 보게 될 것이다.

이렇게 평화로운 환경에서 나는 몇 년 동안 중단한 채 손을 놓아버렸던 이야기를 다시 써야겠다는 용기를 얻을 수 있었다. 그 추억들, 그러니까 아무렇게나 쌓인 이미지와 소리의 더미를 추억이라고 부를 수 있다면, 그 추억들은 아주 조금씩만 꺼내 써야 할 정도로 진저리 나는 것들이었다.

⚜

나는 샌프란시스코에서 토론토로 갔고, 그다음에는 블라디보스토크로, 캔버라로, 홍콩으로, 나이로비로, 다마스쿠스로, 시애틀로, 산티아고로, 그리고 어딘지 알지 못하는 다른 도시로 갔다. 끊임없이 이동하는 이 삶에 하루빨리 익숙해져야 했지만, 고질적인 비행기 공포증은 나아질 기미가 없었다. 지옥에서 사고율은 0퍼센트였다. 사고는 절대로 일어날 수 없었다. 그러나 나는 비행기가 조금만 흔들려도 속이 울렁거렸고 손에 진땀이 났다. 이성으로 감각을 잠재우려 해봤자 헛수고였다. 그 때문에 나는 많은 시간을 불안 속에 보냈다. 착륙했다는 안도감 뒤에는 이내 출발의 공포가 뒤따랐다.

나는 재빠르게 지옥에 대해 나름대로 분석을 했다. 나의 분석적 사고는 내가 처한 상황을 상당히 정확하게 파악할 수 있을 만큼 충분히 잘 작동하고 있었다. 일단 세 가지로 정리해봤다.

첫째, 지옥에서는 절대로 멈출 수가 없었다. 탑승 대기실, 라운지, 기내 아니면 식당에 몇 시간 정도는 앉아 있을 수 있지만 이내 다시 이동을 하며 새 옷을 장만하거나, 비행기 티켓을 구매하거나, 새로 오픈한 칵테일 바에 줄을 서야 했다. 그 어디에도 머물러 있을 수 없었다. 그래서 잠을 잘 수만 있다면 방이 없는 것쯤 상관없었다. 말하자면 모든 것이 영원한 기다림을 위해 마련된 것들이어서 우리는 언제나 이 문에서 저 문을 통해 출발점으로 되돌아가야 했다. 게다가 붉은색 유니폼의 직원들은 그들이 말하듯 '모두의 편의성을 제고하고' 새로이 유입되는 승객들을 보다 효율적으로 응대하기 위해 로비에 비치된 의자에도 예약시스템을 도입했다. 한발 앞서 움직여야 했다. 그렇지 않으면 수 킬로미터에 이르는 상점들을 지나 탑승 게이트와 완전히 동떨어진 자리에 앉아야 할지도 몰랐다. 그래서 비행기 티켓을 구입하고 나면 이내 도착할 공항의 좌석을 신경 써서 예약했다. 여행의 편의성은 우리에게 주어진 등급에 따라 달라졌고 그 등급은 우리의 행동에 따라 정해진다는 사실을 나는 그제야 확실히 깨달았다. 우리는 미래를 깡그리 빼앗겼으면서도 쉼 없이 미래를 대비해야 했다.

두 번째로 나는 나의 동료들, 지옥에 떨어진 망자들에 대해 깊이 생각해봤다. 지옥이란 바로 타인이라고 말했던, 이제 죽음의 평안 속에 잠든 그 프랑스 철학자를 만날 수만 있다면! 지옥을 좀 겪어본 내가 생각할 때, 지옥은 바로 자기 자신이다. 타인이 우리의 관심 밖에서 사라져 잠시 스치는 대체 가능한 한낱 이미지가 되어버리면, 의식과 외부세계 사이에 보이지 않는 커튼이 드리워지듯 우리는 어쩔 수 없이 홀로 남겨지기 때문이다. 타인, 타인의 시선…… 타인에게 평가받고 내가 왜 벌을 받는지 마침내 이해하게 된들 무슨 소용인가? 우리는 언제나 나는 죄가 없다고 생각하지 않는가.

세 번째로 지옥에서는 서로 의사소통을 하는 데 전혀 문제가 없었다. 나는 내 입에서 나오는 말소리를 유심히 들으면서 우리가 모두 같은 언어, 그러니까 일종의 기본적이고 보편적인 고유어로 말하고 있다는 것을 차츰 깨닫게 되었다. 나는 그 언어를 번역할 수도, 문법을 설명할 수도 없었지만 단번에 자연스럽게 습득했다. 그래서 모든 승객들은 '구글 번역'이 이루고자 한 목표에 도달한 듯, 그리고 동시 번역이 보편화된 듯 완벽하게 서로의 말을 이해했다. 그러나 그 언어로는 결코 다층적인 표현을 할 수 없었다. 심오한 감정을 표현하기 위해 온갖 방법을 동원해 말을 해보려 해도 언제나 허사였다. 특히 내가 하는 말에는 모순, 공감, 그리고 미묘한 뉘앙스가 결여되어 있었다. 그래서 우리는 서로 필요한 말만을 주고받았다. 예컨대 비행기에 탑승하기 전에 내가 '이 비행기가 정말로 추락하지 않을까요?'라고 물었다면, 나는 이런 나의 불안을 잠재우는 훌륭한 대답으로서, '이 비행기는 정말로 안전합니다'라는 말밖에는 들을 수 없었을 것이다. 그럼 이 말을 들은 대기 줄에 서 있는 다른 사람들도 그저 담담히 그 말을 수긍했으리라. 정확하게 설명하기는 어렵지만 왜인지 입 밖으로 나오는 말은 언제나 내가 하고자 하는 말을 왜곡하는 것 같았다.

그래서 나는 그 기회에 성경의 창세기 한 구절을 수정하고 싶었다. 내가 지금 신과 함께 있는 마당에, 무서울 게 뭐가 있겠는가. 일단 창세기의 바벨탑 이야기는 이치에 맞지 않는다. 잘 들어보시라. 신아르 지방에서는 모두가 같은 언어를 사용하며 한 민족을 이루어 살고 있었다. 그리고 그들은 성읍을 세우고 꼭대기가 하늘까지 닿는 탑을 세우고자 했다. 그런데 이를 못마땅하게 여긴 신께서는 온 땅의 말을 뒤섞어버리셨다. 그래서 사람들은 서로의 말을 알아듣지 못하게 되었고 성읍을 세우는 일을 그만두었다. 창세기에는 이렇게 쓰였다. '그리하여 그곳의 이름을 바벨이라 하였다. 주께서 거기에서 온 땅의 말을 뒤섞어놓으셨기 때문이다.'

그러나 누구를 속이려 하는가? 신은 절대로 그런 형벌을 선택하지 않으셨을 것이다. 그게 아니라면 신께서 왜 하나의 언어를 사용하는 지옥을 만드셨겠는가? 지옥에 떨어진 우리는 하나의 언어를 말하는 하나의 종족들이 오히려 서로 떨어져 고립되고 무기력해진다는 것을 잘 알고 있었다. 너무나 쉽게 소통할 수 있기에 조금의 갈등이나 차이도 발생하지 않았고, 해석이 필요한 대상이 없기에 온갖 상상력을 동원할 필요가 없었다. 우리는 그저 예의를 차리며 주어진 길을 갈 뿐이었다. 이런 마당에 어떻게 탑을 세울 수 있겠는가?

그토록 야심 찬 계획을 세우려면 애초에 서로 간에 오해가 있어야 한다. 누군가 '화덕을 하나 만듭시다'라고 말하면, 누군가는 '화덕? 그럼 굴뚝이 있어야지!'라고 덧붙인다. 그럼 또 다른 누군가는 신은 위대하다고 소리친다. 그리고 마지막에는 또 다른 누군가가 석공들과 경쟁하며 싼값에 벽돌을 판다. 그러면 누구도 원치 않았으나 모두가 탑을 세우기 위한 공사 현장에 있게 된다. 그러나 반대로 누군가 사람들 앞에 나서서 목을 가다듬고 차분하고 분명하게 '여러분, 꼭대기가 구름까지 닿는 탑을 하나 세웁시다'라고 말한다면 모두가 코웃음을 칠 것이다.

그렇지만 우리는 이런 고립의 책임을 신에게 따져 물을 수 없었다. 거기에는 우리의 삐딱한 마음에서 비롯된 다른 이유들이 있었다. 무엇보다도 저마다 마음속으로 자신은 이런 낙오자들과 함께 있을 사람이 아니라고 생각했던 우리는, 수 세기에 걸쳐 지워지지 않는 어떤 불편한 감정을 품고 있었다. 내가 감옥을 방문했을 때 느꼈던 바로 그 분위기가 이 지옥에서 똑같이 재연되고 있었다.

살아생전 나는 감옥에서 3년간 경제 기초 수업을 맡아 진행한 적이 있었는데, 나는 그때 우리가 흔히 생각하는 것과 달리 감옥은 침묵과 조심성이 지배하는 장소라는 것을 깨달았다. 물론 주먹다짐, 난동, 그리고 패거리 간 알력은 존재했다. 그러나 수천 년 전부터 인류가 사회적 관계를 쌓았던 모두가 둘러앉은 식탁, 감옥의 구내식당에 가보면 이야기가 달라졌다. 모두가 자기 그릇에 코를 박고 있다. 나이프 부딪히는 소리, 이따금 소곤거리는 소리밖에는 들리지 않는다. 각자는 자신이 불공정의 희생자라고 믿으며 낙오자들과 한자리에 둘러앉아 있어야 하는 자신의 불운을 곱씹을 뿐이다. 당시에 나는 친구들끼리 저녁 식사를 할 때처럼, 가벼운 사회문제에 대해 다 같이 이야기를 나눠보려 그들 틈에 끼어들었다. 그러나 단둘이 있을 때 그동안 품어온 온갖 생각들을 쏟아내며 지칠 줄 모르고 너무나 행복해하던 그들은, 여럿이 모여 있게 되자 본능적으로 경계를 풀지 않았다. 그런데 이곳 공항의 분위기가 그때와 소름 끼치도록 닮아 있었다. 물론 지금은 나 자신이 그런 환경에 놓인 주체가 되었지만. 어쨌든 나는 무척 점잖은 대학교수였기에 그들과 딱히 어울릴 일이 없었고 배신자, 변태 성욕자, 암살자와 타파스를 나눠 먹으며 그나마 남아 있는 나의 존엄을 망가트리고 싶지 않았다.

수년, 어쩌면 수 세기(나는 시간 감각을 약간 상실했다) 동안 공항을 오가며 짧은 만남이 몇 번 있기는 했다. 그러나 그런 만남을 몇 시간 이상 지속하는 것은 불가능했다. 우리 모두는 예약의 소용돌이에 뛰어들고 탑승구를 향한 레이스에 참가하기 위해 서둘러 자리를 떠야 했기 때문이다. 게다가 함께 공유하는 역사가 없는데 어떻게 관계를 맺을 수 있겠는가? 나이가 들수록 친구를 사귀는 게 더 힘들어진다는 사실을 나는 그 누구에게도 알려주지 않을 것이다. 그러면 우리가 죽을 때를 상상해보시라! 역사는 막을 내리고 추억은 폐쇄된 채 꽁꽁 싸여 대대적 퇴거를 기다린다. 이제 누구도 거기에 들어올 수 없다. 나는 바에서 몇 번이나 다른 여행객과 거나하게 취해보려 했지만 이 기묘한 곳에서는 말술을 마셔도 전혀 취하지 않았다. 그래서 우리는 여러 공항에 대한 별 볼 일 없는 정보를 교환하거나, 아무짝에도 쓸모없는 과거 이야기를 짤막하게 내뱉으면서 무미건조하게 시간을 보냈다. 그러고 나면 우리 각자는 또다시 방랑의 길을 떠나기 위해 한마디 말도 없이 헤어졌다.

그런데 나는 여행을 하는 동안 운이 좋게도 내가 이승에 있을 때 이름을 떨쳤던 몇몇 역사적 인물들을 만날 수 있었다. 너덜너덜한 추리닝을 입고 있는 장 자크 루소를 봤을 때는, 그가 너무 큰 절망에 빠져 있는 것 같아 나는 차마 그에게 말을 걸지 못했다. 뿐만 아니라 문제를 일으키지 않고 조용히 지내던 어떤 시기에 나는 퍼스트 클래스에서 루이 16세와 여행하는 특별한 경험을 하기도 했다. 그는 소박한 검정색 양복을 입고 최대한 눈에 띄지 않게 여행을 하는 듯했지만 토마토 주스를 주문하며 '우리'라고 말하는 방식이 특이해서, 나는 그가 루이 16세임을 알아챌 수 있었다. 그는 주눅 든 사람처럼 계속 자신의 목덜미를 매만졌다. 마침내 내가 용기를 내 무자비한 프랑스인들에 의해 단두대에 목이 잘린 그 왕이 맞는지 그에게 묻자, 그는 안도하는 듯했다. 영원이라는 시간이 흐를수록 그의 이름은 차츰 더 잊혀갔다. 우리는 어렵사리 대화를 시작했다. 캐셔 앞에서나 쓰던 어휘로는 왕권이니 백성이니 혁명에 관한 이야기를 나누기가 힘들었다. 예전의 어휘를 되살려보기 위해 나는 그가 마지막에 남겼던 말을 상기시켰다. "짐이 흘린 피로 프랑스 백성들의 행복이 더욱 공고해지기를." 대학생 시절 역사 수업에서 나는 그가 남긴 이 마지막 말에 큰 감명을 받았었다. 그는 입술을 비죽거렸고 그러자 퉁퉁한 그의 얼굴에 주름이 파였다. "천만에, 난 그런 말을 한 적이 없다네." 그가 내게 말했다. "그건 사형집행인이 생각해낸 말이었네. 그렇게 나를 바보로 만들어서 후대에도 나를 괴롭혔지." 최후의 절대 군주가 죽음을 앞두고 진짜로 어떤 말을 했는지 내가 여기서 밝혀도 될는지 모르겠다. 다만 그가 한 말이 왕에게도 백성에게도 득 될 것이 없다는 것이 내가 해줄 수 있는 말의 전부다. 루이는 멀리 떨어져 있는 터미널에서 환승을 하기 위해 서둘러야 했고 우리는 그렇게 무심하게 헤어졌다.

밀턴 프리드먼•을 만난 적도 있었다. 칠레 산티아고 공항이었나 보다. 동그란 안경, 대머리, '님부스 박사'•• 를 꼭 닮은 얼굴이 여지없이 그였다. 대기실의 트램펄린 위에 있던 그는 점프를 하고 울타리에 플라스틱 공을 던

• 자유시장경제 원칙을 중시하는 시카고학파의 거두로 경쟁적 자본주의와 자유주의 시장경제를 열렬히 옹호하며 민간경제에 정부의 적극적 개입을 주장한 케인스학파와 대립하였다.

•• 1934년 탄생한 프랑스 네 컷 만화의 캐릭터로 대머리에 동그란 안경을 썼다.

지며 미친 사람처럼 킥킥거리며 놀고 있었다. 프리드먼은 경제학도였던 나의 사상적 멘토였다. 그가 시카고 대학에서 정년퇴직을 하고 스탠포드 대학 후버 연구소에서 연구를 이어나가고 있을 때, 운이 좋게도 나는 그의 학회에 몇 번 참석할 기회가 있었다. 자유로운 선택과 개인의 책임을 강조한 논리적인 학설을 제시한 그는 당시 청년들에게 큰 지지를 받았다. 물론 일부 사안에서는 그가 조금 과도한 입장을 취해 비판을 받기도 했지만 그것은 그가 제시한 전제조건 하에서는 논리적으로 당연한 것이었고, 사사로운 감정 때문에 자신의 입장을 굽히기보다는 지적 정직함을 더욱 중요시했기 때문에 받았던 비판일 뿐이었다. 우리가 냉혹함이라 여기는 것은 그저 논리적 정합성을 지키려는 태도에서 비롯되는 것이었다. 나는 그의 논리를 계승해 현시대에 맞게 적용하는 연구에 집중했다. 내 이론의 황금률은 소비자들의 선택이 미숙하고 서투르며 심지어 해로워 보일지라도 그들이 온전히 독립적으로 선택할 수 있도록 자유를 주어야 한다는 것이었다. 우리 지식인들이 무슨 권리로 우리의 인생관을 타인에게 강요할 수 있겠는가?

나는 나무 위에 오두막을 짓겠다며 시장에서 신나

게 오두막을 만들 재료를 사면서 내 이웃이 체육관을 짓겠다며 자기 과수원을 벌채하는 것을 어떻게 막을 수 있겠는가? 살아가는 모습은 각양각색이지 않은가. 나는 프리드먼의 사상을 무엇보다도 일종의 겸손함이라고 해석했다. 경제학자들은 법칙을 정의하기만 하면 됐다. 그다음 자신의 방식대로 그것을 적용하는 것은 각자의 자유가 아니겠는가.

나는 밀턴에게 조심스럽게 다가갔다. 나는 그가 트램펄린에서 점프하는 것을 멈추기를 기다렸다가 그에게 가까이 갔다. 그는 나의 칭송에 손사래를 쳤다. 정신이 다른 데 팔려 있는 것 같았다. 날씨도, 법률도, 사상도 아무것도 변하지 않고 모든 것이 그대로인 이 세계에서 대화를 이어가기가 여의치 않았다.

"저 실례지만." 느닷없이 그가 내 말을 잘랐다. "제가 다트 게임을 하러 가야 돼서요."

그는 이미 안절부절하고 있었고 나는 내 청년 시절의 우상과 이야기를 나눌 수 있는 흔치 않은 기회를 놓칠까 조바심이 났다.

다음번 비행 때 우리가 어디로 갈지 누가 알겠는가? 나는 그의 팔을 붙잡았다. 그는 발을 동동거렸다. 버

둥거리는 나비를 손에 잡고 있는 기분이었다.

"솔직히 그들이 선생님을 여기로 보낸 건 실수라고 생각합니다."

놀라고 걱정스런 얼굴로 갑자기 멈춰 선 그는 두꺼운 안경 너머로 나를 빤히 쳐다봤다.

"실수라니? 그게 무슨 말이죠?"

"선생님은 이런 대접을 받으시면 안 돼요. 저도 마찬가지고요……."

"대접에 관해서라면 시답지 않으니 관둡시다. 가치를 따지는 게 더 낫죠. 우린 여기에 있을 수 있는 권리를 얻었어요. 아닌가요? 어쨌든 난 그래요. 그 징글징글한 케인스학파들하고는 신물이 나도록 싸웠어요! 선생도 혹시 거기 속한 사람인가요?"

나는 단호하게 아니라고 말했다.

"시스템에서는 어떤 실수도 일어나지 않아요." 그가 안심한 듯 말을 이어갔다. "여긴 정말로 놀라운 곳이에요. 수요와 공급의 제약을 받지 않고 무제한으로 소비하는 저 사람들을 좀 봐요! 가장 멋지고, 가장 놀라운 건……."

"뭐죠?"

이 지옥의 장점을 나만 모르고 있었던 것일까?

"인플레이션이 없다는 거죠! 알고 있었나요? 감자튀김이며 셔츠, 그리고 시계까지 늘 같은 가격이죠. 선생이 생각하기에 왜 그런 것 같나요?"

나는 모르겠다는 듯 어깨를 한 번 으쓱해 보였다. 나는 정말로 그 문제에 관심이 없었다.

"생산이 무한하기 때문이죠! 그래서 화폐를 천문학적으로 발행할 수 있고요. 사람들은 돈을 무한히 소비하고 무한히 교환하며 무한히 이용할 수 있죠. 그게 바로 노동도, 노력도, 불화도 없는 세상에 적용되는 통화정책이죠. 천국에 있는 중앙은행에서는 인플레이션율이 0퍼센트라고요! 정말 기적 아닌가요!"

밀턴은 껄껄 웃으며 그 자리에서 껑충껑충 뛰었다. 자신의 이론을 내보였다는 기쁨에 휩싸인 나머지 그는 다트 게임에 가야 한다는 것을 잊어버린 듯했다. 그는 내 표정을 살폈다. 나는 실망을 했는데 그는 내가 의심을 한다고 생각했던 모양이다.

"그래요, 이 훌륭한 시스템에는 하나가 빠져 있죠. 우리 소비자들이 최상의 선택을 할 수 없다면 이 모든 것은 제대로 작동하지 못할 거예요. 그런데 여기에는 궁극의 치트 키가 있어요. 바로 영원이죠! 영원이라는 시간 속에서 우리는 우리가 무엇을 더 원하는지를 파악하고 수천, 수백만 개 상품들을 비교해볼 수 있는 시간을 얼마든지 가질 수 있어요. 만약 이 안경테가 마음에 들지 않으면 다른 안경테를 사러 토론토 공항, 니스 공항, 아니면 킨샤사 공항에 갈 수 있으니까요! 그래서 우리는 산 자들과 다르게 급할 것도, 제약도, 편견도 없이 그 모든 우연성을 피해갈 수 있죠……. 우리는 어떤 압박도, 독촉도 없이 모든 것을 비교하고 꼼꼼히 살피고 분석할 수 있어요. 무한한 시간 덕분에 우리는 완벽하게 이성적인 사고를 할 수 있죠. 그런 소비자의 독자적인 판단 덕분에 완전하게 무한 경쟁을 할 수 있는 환경이 조성될 수 있는 거고요. 무슨 말인지 알겠어요?"

탐페레행 탑승을 재촉하는 라스트 콜이 스피커에서 큰 소리로 울려 퍼졌다. 탑승 시간에 나타나지 않은 한 여성 승객을 찾고 있었다. 승무원들은 이렇게 늑장을 부리는 사람들 때문에 골머리를 앓았다. 좌석이 만석이어야 비행편이 점점 더 늘어나고 공항이 점점 더 커질 수 있기 때문이었다. 그들에게 정체된 것보다 더 나쁜 것은 없었다. 밀턴은 목소리를 높였다.

"여기서는 마침내 이론이 한 치의 왜곡도 없이 실현됐어요. 재미있지 않나요? 죽은 다음에야 이승에서의 삶보다 훨씬 더 리얼한 삶을 경험할 수 있다니. 나는 세상을 다 준대도 이승으로 돌아가지 않을 거예요. 이승의 그 모든 편향이며 결함, 그리고 오류는 이제 아주 넌덜머리가 난다니까."

나는 모든 용기를 쥐어짜내 나의 멘토에게 반박했다.

"그렇지만 어쨌든…… 여기에는 출구가 없잖아요!"

"출구!"라고 그가 외쳤다. "출구는 뭐 하려고?"

그때 우리는 붉은색 유니폼의 승무원 한 팀이 몹시 흥분한 한 여자를 둘러싸고 지나가는 것을 보았다. 새로 온 사람 같았다. 그 여자는 비행기 좌석까지 승무원에 붙잡혀 억지로 끌려갔을 것이다. 내가 처음 이곳에 왔을 때 그랬던 것처럼. 그러고 나면 저 여자도 우리처럼 되겠지. 익숙해지겠지. 오래지 않아 아주 얌전히 대기 줄에 서 있게 되겠지.

"그럼 저건요?" 나는 또다시 반박해보려 했다. "저건 좀 심하지 않나요?"

"약속을 지켰어야죠! 비행기 티켓을 끊었으면 약속을 지켜야죠! 게다가 약관에 분명히 명시되어 있잖아요.

출발 12시간 전에는 환불도 교환도 불가능하다고."

그가 말을 이었다. "시장이 잘 돌아가게 해야죠! 그러니 이제 혼자 속 끓이지 말고 이 멋진 상점들을 마음껏 즐겨보세요." 그러고는 내 어깨를 툭툭 두드리며 마지막으로 말했다. "우리처럼 천국에 갈 행운을 잡지 못한 케인스학파를 좀 생각해봐요."

나는 면세 구역으로 사라져가는 그를 바라봤다. 그의 대머리가 향수병이며 초콜릿 박스, 수분 크림, 위스키 병들 위로 빼꼼히 보였다. 미련은 없었다. 어차피 그를 각성시키는 것은 불가능했을 것이다.

⚜

유리창을 때리는 폭풍우를 보니 밖으로 뛰쳐나가고 싶은 참을 수 없는 충동이 일어나 조바심이 나지만 나는 산 자들에게 전해줄 마지막 이야기를 써야 한다. 이 이야기는 훨씬 내밀한 이야기이므로 여러분에게 부탁하건데 한 노쇠한 대학교수의 성적 모험에 흥미가 없다면, 충분히 이해하니 이 페이지들은 건너뛰어주시길.

아닌 게 아니라 나는 마사지숍을 다시 찾았다. 실제

로 환승을 할 때마다 마사지숍에 들렀다. 좀 더 명확하게 말하면, 처음 몇 년 동안은 섹스를 하면서 시간을 때웠다. 공항에서 우리에게 영원토록 제공하는 쾌락의 리스트에서 섹스는 스위스 초콜릿과 다트 게임을 제치고 단연코 선두를 지켰다. 각각의 상점마다, 각각의 표지판마다, 또 각각의 보안 검색대마다 코너를 돌기만 하면 시선을 사로잡는 광고 영상들이 끊임없이 우리의 욕망을 자극했다. 풍만한 젖가슴, 출렁이는 엉덩이, 탄탄한 가슴 근육, 키스를 갈구하는 입술을 보지 않고는 단 10미터도 나아갈 수 없었다. 그때부터 내 마음속의 악마가 거리낌 없이 구체적으로 모습을 드러냈다는 것만 빼면, 나는 그곳에서 나의 오두막으로 다시 돌아간 것 같은 기분을 잠시 느끼기도 했다.

마사지숍을 찾는 손님은 계속 늘어나서 문전성시를 이뤘다. 거의 모든 로비마다 개인의 취향에 맞춰 은밀한 서비스를 제공하는 마사지숍이 들어서 있었다. 이곳에 새로 오는 망자 중 그곳을 먼저 경험하는 사람들은 여자들이었다. 남자들은 마사지숍에 들어가기를 더 주저했지만 그들 또한 결국 문을 밀고 들어갔고 내가 그랬던 것처럼 결코 그 문을 다시 닫지 않았다. 어떤 마사지숍은 무척 실용적으로 꾸며져 있었고 또 어떤 마사지숍은 벨 에포크 시대 사창가를 연상시키는 은밀하고 퇴폐적인 분위기를 풍겼는데, 나는 후자를 더 선호했다. 그곳에서는 붉은색 유니폼을 입은 직원들이 일하고 있었는데 진홍색 실크 양말을 절대 벗지 않는다는 점을 제외하면 유니폼을 입은 모습이 인간과 매우 흡사했다. 우리는 그들에게 몸을 심하게 비트는 고난도의 체위를 요구할 수 있었고 사디스트처럼 그들을 결박할 수 있었으며 서비스가 제공되는 동안 동성 간 섹스를 할 수도 있었다. 그러나 그들의 양말만은 절대로 건드려서는 안 됐다. 그랬다가는 어디서든 이 서비스를 영원히 이용할 수 없었다. 그리고 누구도 그런 위험한 짓을 하지 않았다.

내가 아주 명확하게 그동안 꿈꿔온 성적 판타지에 대해 이야기하자, 직원들은 내게 더욱 복잡하고 꼼꼼한 시나리오를 제시했다. 그 덕분에 나는 인체의 아주 작은 부분까지 한 군데도 빠짐없이 탐험해볼 수 있었고, 모든 각도에서 모든 체위를 해볼 수 있었다. 내 피부 깊숙이 배어든 그 수많은 섹스 덕분에, 귀에서부터 발가락까지 신체 모든 부위의 고유한 감각이 되살아났다. 나는 왁싱을 한 부드러운 몸과 실컷 섹스를 한 뒤, 털이 있는 여자,

털이 있는 남자, 사디스트와 마조히스트, 그리고 트랜스젠더까지, 따로 또 같이 그 모든 것을 시도했다. 나는 그들에게 구멍을 더욱더 타이트하게 조여달라고 요구하면서 더욱더 야릇한 도구들을 사용했다. 나는 남자였다가 여자가 되었고 지배자였다가 복종자가 되었으며 인간이었다가 짐승이 되기도 했다. 나는 한 시대의 합의의 산물로서 매우 엄격한 제약에 의해 그어진 욕망의 한계선을 마음껏 넘나들었다. 나는 내가 마주치는 모든 것에 무차별적으로 몸을 내던지며 보다 더 어두운 욕망의 세계로 들어갔다. 뒤룩뒤룩 살이 찐 몸도, 기형적인 몸도, 냄새나는 몸도, 그 무엇도 더 이상 역겹지가 않았다. 사람들이 저마다의 친밀한 감정에 서로 몰두하는 것처럼, 또 서로를 느끼고 만지는 것을 좋아하는 것처럼, 나 역시 나의 모든 파트너들에게 그런 관용을 널리 베풀었다. 나는 색욕의 세계에 완전히 녹아들었고 점차 내 몸의 한계에 초연해졌다. 이제 테이블 다리와도 섹스할 수 있을 것만 같았다.

그렇다고 내가 쾌락에만 빠져 시간을 허비했다고 생각하면 오산이다. 그 뒤에 이어진 그 모든 쾌락은 한두 번 경험한 것이 아니었기 때문에, 나는 더 이상 오르

가슴을 느끼지 못했다. 당연한 말이지만, 죽음은 우리에게서 정액을 앗아가버렸다. 하긴, 이제 번식을 하기에는 적합한 몸이 아니었으니 그럴 만도 했다. 그 때문에 마사지숍에서 이루어지는 섹스는 끝도 없이 길어졌다. 녹초가 되거나 고통이 느껴져서 짜증과 실망이 몰려오고 대체로 귀두가 벌겋게 달아올라 화끈거려 어쩔 수 없이 다시 옷을 입어야 할 때까지 섹스는 계속됐다. 나는 사춘기가 막 시작될 무렵, 그러니까 내 성기가 아무것도 분출하지 못한 채 팽팽하게 부풀어 오르기 시작했던 그때의 기분을 다시 느낄 수 있었다. 산 자들끼리 섹스를 할 때는 쾌락과 그 결말을 함께 기다린다. 그러나 섹스를 하며 더 이상 기다릴 것이 없다면 섹스가 무슨 의미가 있겠는가? 쾌락이 영원히 잦아들지 않는다면 쾌락은 무슨 의미가 있겠는가? 현재라는 시간에 강요된 욕망은 앞을 보지 못하고 어디로 가야 할지를 모른다. 그것은 쓸데없이 우리 마음속에 감겨진 풀리지 않는 태엽 같은 것이었다. 내가 아무리 몸을 비비고 신음을 해봤자 고통은 언제나 되풀이됐다. 나는 내 육신 깊은 곳에 정자처럼 숨겨져 있는, 내 정자만큼이나 찾기 힘든 귀를 찢어지게 할 만한 초음파 같은 외마디 비명을 내지르고 싶었다. 그러나 나는 고통만이 내 울분을 가라앉힐 수 있다는 듯 손톱으로 내 가슴팍을 찍어 누를 뿐이었다. 그런데 그것도 소용없었다. 울분을 가라앉힐수록 욕망은 커져갔다. 나는 이제 섹스하는 시시포스가 되어버렸다.

지옥에서는 모든 것을 마음대로 할 수 있었지만 어떤 것에도 만족할 수 없었다. 언제나 새로운 셔츠를 사야 했고 새로운 섹스 파트너를 찾아야 했다. 영원이라는 시간은 끊임없이 우리를 다그쳤다. 예상치 못한 혼란, 거짓된 결말, 그리고 계속해서 되풀이된다는 점에서 이승의 삶도 비슷할는지 모른다. 그러나 적어도 이승의 삶은 우리에게 만족의 순간을 선사하며 그것이 영원히 지속될 수 있으리라는 달콤한 환상을 간직할 수 있게 해주지 않는가.

공항 로비에서나 마사지숍에서나 같은 직원을 두 번 만나는 일은 절대로 없었다. 잠깐의 대화를 나눌라치면 이내 서로 돌아서야 했다. 내가 만났던 그 모든 육체들 틈에서 나는 전에는 결코 느껴보지 못했던 완벽한 고독을 느꼈다. 그들의 조용한 복종은 나를 더욱더 내 안으로 밀어 넣을 뿐이었다.

나는 처음으로 나를 마사지숍으로 이끌어주었던 평

범한 여인, XX43d5DfTz를 찾고 싶었다. 그녀는 사실 내 이야기를 들어주고, 나의 별 볼 일 없는 인생사에 관심을 가져준 유일한 사람이었다. 그리고 나는 내 보잘것없는 인생사에 그녀가 왜 그렇게 관심을 가졌었는지 늘 궁금했다. 반면 그녀의 동료들은 내가 그들의 눈에 죄인으로 보이는지 어쩌는지는 아랑곳하지 않고 그저 명확하고 실질적인 나의 요구들을 실행하는 데만 급급했다. 그래서 나는 처음 출발했던 공항으로 돌아가 XX43d5DfTz를 다시 만나기로 결심했다. 나는 좀 더 빨리 이런 생각을 하지 못한 나 자신에 놀랐다. 감정을 공유할 수 있다면, 아니 그보다 점점 더 커져만 가는 감정의 부재에 대해 이야기를 나눌 수 있다면 이 지옥도 조금은 견딜 만한 곳이 되지 않겠는가? XX43d5DfTz라면 내가 남들처럼 아무런 의식 없이 덧없고 불완전한 쾌락만을 쫓는 예스맨이 되는 것을 막을 수 있지 않을까?

XX43d5DfTz와 재회할 수 있다는 기대감이 들자 처음 이곳에 왔던 순간들이 떠올랐다. 그 이후로 정확히 몇 년이 흘렀을까? 기나긴 세월이 내게서 사라져버렸기 때문에 전혀 가늠할 수가 없었다. 그도 그럴 것이 나는 식당에 자리 하나를 예약하거나 탑승구로 달려가기 위해 시간 단위로, 아니면 기껏해야 하루 단위로만 살 수 있었다.

비행을 하는 동안 나는 우수에 잠겨 나의 죽음에 대해 생각했다. 의사들도 잘 모르면서 한 말일 테지만, 돌이켜보면 의사들의 말처럼 임종의 순간은 축복처럼 느껴졌다. 물론 고약한 측면이 없는 것은 아니어서, 나는 이 글을 읽을지도 모를 산 자들에게 그에 대해 가감 없이 말하려 한다.

임종의 순간에 가장 괴로운 것은 자신이 죽어가는 소리를 듣는 것이다. 나는 기관지가 막혀 있는 것 같아 기침을 하려 했지만 그럴 수가 없었다. 불현듯 내 몸의 기관들이 조용한 그의 껍데기에서 빠져나와 보란 듯이 최후의 결전을 하겠다고 결심이라도 한 듯, 나오라는 기침은 안 나오고 무척이나 기괴하고 듣기 거북한 쇳소리만이 나왔다. 정말로 나는 이 소란이 그저 빨리 끝나기만을 바랐다. 그러나 그것을 제외하면 무(無)의 세계로 가라앉는 그 느낌이 어찌나 포근하던지! 고통이 잦아들고 그 모든 육신의 고통에서 빠져나온 영혼은 내 몸 위에서 부유했다. 기억하기로 아들 녀석이 내 곁에 있었는데, 나는 그 애가 나를 받쳐주는 버팀대라도 되는 듯 아들 녀석에게 기대어 있었다. 말로는 표현할 수 없었지만 다 알 것 같았다. 나는 전속력으로 빛을 향해 나아가고 있었다.

그 후, 정신이 몽롱했다가 점차 내 육신으로 다시 돌아왔다. 감각을 되찾은 것에 그토록 행복해한 그때의 나는 얼마나 순진했던가! 그때부터 나는 무(無)의 가치를 보다 잘 헤아릴 수 있게 되었다.

도착한 공항에서의 입국 심사는 평소보다 훨씬 더 오래 걸렸다. 나는 옷을 다 벗어야 했고 끝도 없는 기다림 끝에 근처에 있는 심사실에 들어가 까다로운 입국 심사 인터뷰까지 거쳐야 했다. 평평하고 각진 다리미 같은 얼굴의 깐깐해 보이는 붉은색 유니폼의 여직원이 심사대에 앉아 내게 손짓으로 오라는 시늉을 했다. 나는 그녀의 두꺼운 안경 너머로 그녀의 눈을 마주쳐보려 했지만 소용없었다. 역시 마사지숍에서 일하는 그녀의 동료들이 확실히 더 매력적이었다. 어떤 기준으로 마사지숍 직원들을 뽑는 것인지 단박에 이해가 됐다.

"여기는 왜 다시 오셨습니까?"

"안 될 거 있나요? 어디든 다시 돌아가야 하잖아요. 목적지가 수도 없이 많으니까요."

"지금은 왜 오신 거죠?"

"그냥요."

그녀가 짜증을 냈다.

"2만 개 도시 중에서 선생님은 이 도시를 선택하셨어요. 왜죠?"

"도시가 아니라 공항이겠죠." 나는 그녀의 말을 지적했다.

"그게 그거죠." 그녀가 어깨를 으쓱하며 대꾸했다. "제 질문에 대답을 해주세요. 친구라도 만나러 오셨나요?"

나는 망자들이 한데 모이는 것에 관리부가 무척 신경 쓰고 있다는 것을 잘 알고 있었다. 티켓팅 프로그램은 이런 일이 발생하지 않도록 설계되어 있었다. 이를테면 48시간 간격으로 같은 공항에서 출발을 했다면, 같은 목적지로 가는 티켓 두 장을 구매하는 것은 불가능했다. 비행 스케줄과 환승의 불확실성을 감안할 때, 누군가를 다시 만나기란 하늘의 별 따기였다. 집요하고 치밀하게 계획을 세운 끝에 사흘간 세 번을 만났다는 미카엘과 아나스타샤의 이야기는 두고두고 회자되었다. 그렇지만 그 이야기는 소문일 뿐 확인된 적은 없었으며, 그 이후 비행 스케줄 알고리즘은 더욱 복잡해졌다.

"제가 어떤 친구를 만난다고 그러시는 거죠?" 나는 어물거리며 대답했다.

그녀는 컴퓨터에서 내 기록부를 조회했다.

"정말로 친구가 많지는 않으시네요." 그녀는 안심한 듯 말했다.

드디어 일이 잘 풀릴 것 같은 예감이 들었지만 동시에 이승에서의 진짜 내 삶의 한 단편이 떠올라 고통스러웠다. 어릴 적에는 이따금 이웃에 사는 친구들 몇몇과 집에서 오후 시간을 함께 보낸 적도 있었지만, 내가 보기에 그 애들은 마지못해 우리 집에 놀러 온 것 같았다. 나는 축구를 하지 않았고, 라디오에서 나오는 최신 히트곡을 듣지도 않았으며, 비디오 게임은 너무 폭력적이라고 생각했고, 아이들의 일탈 행동을 보면 그 즉시 부모님에게 일러바쳤다. 나중에도 상황은 거의 바뀌지 않았다. 대학생 시절, 학우들과 한잔할 때도 나는 늘 취하지 않으려고 몸을 사렸다. 나이트클럽에 몇 번 따라가기도 했지만 어색하기만 한 몸짓을 흉내 내는 데 진력이 난 나는 새벽 1시가 되기도 전에 집으로 돌아왔다. 여자 친구들을 사귈 때도, 결국 불타는 사랑을 고백하지 못한 채 일종의 의무감으로 키스를 하곤 했다. 그 이후 고

수가 되었을 때는 동료 교수들과 정중하지만 무심한 관계를 유지했고, 최대한 마음을 써봤자 피자집에서 부부끼리 저녁 식사 자리를 마련하는 것이 전부였다. 그러다 퇴직할 때가 되었을 때, 핸드폰에 저장된 전화번호는 400개나 됐지만 아무런 용건 없이, 아무 때고 전화를 걸어 수다를 떨 수 있는 사람은 단 한 명도 없었다.

"맞아요." 나는 차분하게 대답했다.

아주 사소한 어려움에 직면했을 때 보란듯이 지어 보이는 조소하는 듯한 옅은 웃음이 나도 모르게 새어 나왔다. 그것은 다른 사람들처럼 살기에는 내가 너무 똑똑하다는 것을 공공연히 내보이는 나만의 방식이었다. 그것은 친구들, 동무들, 단짝들처럼 득이 될 것이 아무것도 없는 사람들에게 보내는 웃음이었다.

"그나저나, 선생님은 아직도 제 질문에 대답하지 않으셨어요."

그녀는 파일에 무엇이든 아무 말이라도 기록해야 했다.

"실은 제 양복을 만들어줬던 재단사를 만나러 왔어요. 지난번에 암청색 양복을 아주 멋지게 만들어줬거든요."

"이제야 여기 오신 이유가 설명되네요." 그녀가 짜증을 누그러뜨리며 말했다.

그녀는 안경을 벗었다. 그녀의 눈은 홍채에 색소가 부족해 붉은색으로 변한 알비노의 눈이었다. 정말로 이 일에 최적화된 사람이었다.

"멋쟁이 신사 분!" 그녀가 마침내 내게 통과하라는 손짓을 했다.

나는 이탈리아 젤라토 가게 앞에서 멈추지도 않고, 최신 헤드폰을 한가롭게 구경하지도 않고, 지역 특산품 매장을 둘러보지도 않고 곧장 로비 쪽으로 걸어갔다. 나의 마지막 방문 이후 많은 변화가 있었던 것 같은 장소들을 나는 그저 어렴풋하게만 기억하고 있었다. 평범한 픽토그램으로 표시된 마사지숍을 하나하나 살펴보기 시작하자 심장이 쿵쾅거렸다. XX43d5DfTz에 온통 몰두해 있던 나는 장소 자체에 대한 기억마저도 거의 떠올리지 못했다. 그나저나 마사지숍을 전부 다 확인해볼 수는 없는 노릇이었다. 그렇게 하려면 최소한 열 번 이상 환승을 해야 할 것 같았다. 그러다 우연히 양복점 앞을 지나게 됐다. 그와 다시 대화를 나누고 싶지 않았던 나는 걸음을 재촉했다. 불행히도 그는 손님들을 살피기 위해 문

앞에 나와 있었고 금방 나를 알아봤다.

"어! 멋쟁이 교수님! 제 재단 솜씨가 마음에 드셨나요? 어깨선이 너무 내려오지는 않았고요?"

나는 걸음을 멈추지 않고 대충 고개를 까딱했다.

"꼭 다시 들러주세요! 시간은 많잖아요!"

슬쩍 보니 그의 곱사등이 지난번보다 더 커진 것 같았다.

"제가 뭐랬어요, 이곳은 재미있는 곳이라고 했잖아요!" 내가 코너를 돌 때쯤 그가 카랑카랑한 목소리로 소리쳤다.

재단사는 나를 성가시게 했지만, 동시에 유용한 지표가 되었다. XX43d5DfTz는 분명 여기서 멀리 있지 않았다. 나는 이 근처에 남아 있기로 했다. 나는 다이아몬드 장식이 박힌 전자손목시계를 하나 구입한 뒤, 반경 5분 이내에 위치한 로비를 구석구석 돌아다녔다. 재단사는 내가 계속 퉁명스럽게 대하는데도 아랑곳하지 않고 내가 눈에 띄면 나를 보러 나왔다. 그리고 매번 똑같은 말을 반복했다.

"여기는 참 재미있는 곳이에요!"

XX43d5DfTz가 나와 가까이에 있다는 느낌이 들

자 억눌려 있던 나의 모든 감정들이 난데없이 그녀에게로 집중됐다. 똑같이 생긴 로비들을 끝도 없이 돌아다녀 봤지만 공항 구석구석의 구조가 도저히 머릿속에 그려지지 않았다. 모든 것이 너무나 비슷비슷해서 주의를 기울여서 봐도 조금도 차이를 구별할 수 없었다. 엄청나게 복잡한 나선형 구조가 아니라 절대적으로 단조로운 구조, 도저히 빠져나올 수 없는 미로의 비밀은 바로 이것이었다.

⚜

내가 예약해놓은 예카테린부르크행 비행기는 다섯 시간 후 출발 예정이었고, 경험상 탑승 수속 절차를 밟는 데 족히 두 시간은 걸릴 듯했다. 그런데 그때, 이제껏 눈에 띄지 않았던 야자수 화분에 눈길이 멈췄고 나는 정신을 차릴 수가 없었다. 아득한 감정들이 내 의식의 표층 위로 올라왔다. 그래, 야자수였어! 나는 주저 없이 마사지숍 안으로 들어갔고, 찬찬히 둘러보니 천박한 마호가니 장식도 여전히 그대로였다. 리셉션 직원은 내게 쌀쌀맞게 인사를 했다.

"제가 여기 온 건, 다른 게 아니라……."

"아, 그러시면……." 그녀가 내게 문을 가리키며 입을 뗐다.

"누구를 좀 찾고 있어요."

그녀는 황당해했다.

"꽤 오래전에 여기서 만났던 사람을 찾고 있어요." 나는 말을 이어갔다.

"뭐 때문에요? 저희가 훌륭한 서비스를 제공해드리고 있는데…… 선생님을 즐겁게 해드릴 수 있는 모든 것들이 여기 다 있어요. 원하시는 몸과 원하시는 특별 서비스까지 전부 다요. 다른 데 가셔도 저희 만한 데는 없을 거예요. 제가 보장해요."

"아니요, 저는 그 사람을 찾고 싶어요."

"가격이 문제라면……."

나는 참다못해 말했다.

"여기 직원 중 한 사람이에요. 그 직원과 이야기하고 싶어요."

"한번 찾아보죠. 별의별 희한한 손님들을 많이 봤지만 이건 정말…… 그 직원 코드가 뭐죠?"

그걸 어떻게 정확히 기억한단 말인가?

"XX43D5dhTy였나. 잘 기억이……."

"죄송하지만 그런 코드의 직원은 없어요. 예전에 쓰던 코드인 거 같네요. 이제는 코드에 구두점, 연결부호, 악상 시르콩플렉스•를 넣고 있어요. 안 그러면 도용당할 위험이 있으니까요." 그녀가 거들먹거리며 말했다.

"정확한 번호는 기억나지 않지만 금방 알아볼 수 있어요. 가무잡잡한 피부에 옆으로 가는 눈 그리고 금발머리를 하고 있었어요."

"코드를 모르시면 제가 해드릴 수 있는 게 없어요."

"분명 그 직원을 아실 거예요!"

"기회는 두 번 남았어요."

"뭐라고요?"

"기회가 두 번 남았다고요. 죄송하지만 규정이 그렇습니다."

"사정을 좀 봐주세요. 제가 정말 그 직원과 할 얘기가 있어요. 분명 저 문 뒤쪽 어딘가에 있을 텐데……."

그 생각을 하자 별안간 가슴이 답답해졌다. 다 늙어서 질투심에 불타는 사람이 되기라도 한 것일까? 살아

• 프랑스어 모음자 위에 붙이는 기호의 하나(^)

생전 아내가 저지른 몇 번의 일탈도 너그럽게 이해해주며 관대한 나 자신에 스스로 만족했던 내가 아니었던가.

"사정은 알겠지만 시스템에 코드를 입력해야 해요. 모두가 선생님처럼 이러시면 어떻게 되겠어요? 너 나 할 것 없이 아무나 다 만날 수 있겠죠. 그럼 속임수가 판치지 않겠어요?"

"그럼, 잠깐만요……."

나는 마음을 가라앉혔다. 승부를 걸어야 했다. 나는 극도의 노력을 기울여 집중해보려 했다.

"XX43d5dfTz?"

"죄송하지만 아닙니다. 소문자와 대문자를 구분하셔야 해요."

"저기요, 분명 해결 방법이 있을 거예요. 그쪽도……."

그쪽도 같은 사람이지 않느냐고 말하려 했지만 확신이 들지 않았다. 붉은색 유니폼을 입은 직원의 실체에 대해서는 의견이 분분했다. 그들은 이곳을 위해 특별히 창조된 악마 같은 피조물이었을까? 아니면 망자들 가운데서 차출되어 동료들을 삼엄하게 감시하는 카포•였을

• 나치가 피수용자 중에서 선발하여 다른 수감자들을 감독케 한 나치 부역자

까? 그도 아니면 그저 언제든 사라질 수 있는 허깨비였을까?

"이제 기회는 한 번 남았습니다."

"양심이 있다면 그럴 수 없어요!"

"이미 충분히 말씀드렸잖아요. 빨리 하시죠. 뒤에 기다리는 손님들이 있다고요. 진짜 손님들이요." 그녀가 차갑게 대꾸했다.

나는 뒤를 돌아봤다. 몇 미터 떨어진 곳에 사롱•을 입은 콧수염 난 남자가 초조하게 기다리고 있었다. 보아하니 특산품 가게에서 황급히 아무거나 주워 입은 모양새였다. 나는 소문자와 대문자를 다시 떠올려봤다. 해결의 단초였다. 내가 한 글자를 헷갈리고 있는 것이 분명했다.

"XX43d5dFTz?"

그녀는 진저리 난 듯 고개를 가로저었다.

"아니 잠깐만요! XX43d5DfTz!"

"선생님, 선생님에게는 다른 사람들과 똑같이 세 번의 기회만 있어요. 저는 선생님께 할 만큼 했어요. 이제

• 미얀마·인도네시아·말레이반도 등지에서 남녀 구분 없이 허리에 두르는 민속 의상

여기서 나가주세요. 무엇을 도와드릴까요?" 그녀가 만면에 미소를 띠고 내 어깨 너머로 콧수염 난 남자에게 물었다.

"동시 삽입을 하면서 간단하게 스리섬부터 시작할게요." 그는 마치 바게트 한 개를 달라는 듯 밝은 목소리로 말했다.

"알겠습니다. 이쪽으로 오세요."

나는 그녀의 팔을 붙잡았다.

"부탁할게요……."

"선생님, 이러시면 보안 요원을 부르겠습니다!" 그녀는 버럭 화를 내며 소리쳤다.

나는 한없이 정중하게 나를 결박하러 올 붉은색 유니폼의 보안 요원을 이미 경험한 바 있었다. 더 이상은 부탁할 수가 없어 밖으로 나왔다.

무한대로 많은 로비들 속에서 조금이나마 다정한 사람을 찾을 수 있을 것이라는 나의 마지막 희망은 그렇게 날아가버렸다.

낙담한 나는 로고가 큼지막하게 박힌 가죽 가방을 사러 갔다. 내가 그런 가방을 선물해주지 않는다며 아내는 내게 늘 투덜거렸다. 내 교수 월급으로 아내의 그런

투정을 받아주지 못했던 것이 다 내 잘못이었을까? 결혼 전 아내는 좋은 대우를 받으며 로펌에서 일했다. 아내에게 15년 동안 일할 수 있는 인내심이 있었다면, 목돈을 만질 수 있었을지도 몰랐다. 그럴 수밖에 없지 않겠는가. 그런 지루한 직업은 인내심을 보상해주기 마련이었다. 아내가 기밀유지조항을 잘못 작성해서 자신의 첫 번째 고용계약을 해지당한 것이 다 내 잘못이었을까? 아내가 아이를 낳고 다시는 복직을 하지 않아 우리가 근근이 살아갈 수밖에 없었던 것도 다 내 잘못이었을까? 아내에게 의지만 있었다면 적어도 하프타임 프리랜서로라도 일할 수 있었을 것이다. 나는 살아가면서 이런저런 어려움을 만날 때마다 그것이 인생의 자연스러운 흐름이라 받아들이고 체념했다. 아내에 대한 나의 원망이 점점 커져 과거의 일들을 증오하는 마음을 갖게 된 건 내가 죽고 난 이후부터였다. 그때부터 나는 그런 각박한 기억들 속에 유폐됐다. 그 기억들이 다른 것이었다면 얼마나 좋았을까!

나는 철학에는 젬병이었지만 대학교 1학년 때 수업에서 들었던 니체의 이 질문만은 늘 기억하고 있었다. '당신의 삶이 똑같이, 그리고 수없이 반복되기를 원하는

가?' 죽고 난 이후에 반복되는 것은 삶이 아니라 어렴풋한 기억들이었다. 그렇지만 그게 무슨 차이가 있겠는가? 나는 매 순간을 사랑하며 살고 또 살았어야 했다. 정말이지 그저 살았어야 했다.

나는 가방을 팔에 걸친 채 하릴없이 돌아다니다가 솔티드 버터 캐러멜 마카롱으로 배를 채웠고, 소화를 시키려고 센차(煎茶)•를 마시고는 기진맥진해 안마 의자에 주저앉았다. 내 앞에 보이는 스크린에서는 한 젊은 여인이 나른하게 옷을 벗고 있었다. 이내 그녀의 몸에는 손목에 차고 있던 반짝이는 시계밖에 남지 않게 되었다. 그 시계가 이곳에서 어떤 쓸모라도 있다는 듯, 한 남자의 목소리가 '충격과 방수에 강한 시계'라고 스크린 속에서 말했다. 나는 발기가 됐지만 어차피 절정에 이르지도 못할 거라면 피곤하게 육체를 부대끼고 싶은 마음도, 힘도 없었다. 나는 악어가죽 스트랩과 이중 시간대로 된 너무나 고급스러운 그 시계를 사러 옆 가게에 들른 뒤 가방, 시계, 먹다 남긴 마카롱까지 모든 것을 처음 눈에

• 일본차를 대표하는 가장 일반적인 차

띈 쓰레기통에 던져버렸다. 탑승까지는 아직 여섯 시간이 남아 있었다. 나는 늘 그렇듯 한 서점에 들어갔고 거기에 어떤 책들이 있을지는 뻔했다.

서점에는 늘 똑같은 세 권의 책, 《해리포터》, 《반지의 제왕》, 그리고 벨기에의 무명 시인 모리스 카렘의 시집 《신은 이유를 알고 있다》가 전 공항에 동일한 방식으로 진열되어 있었다. 처음에 내가 영원의 시간 동안 독서를 하기에는 책의 종류가 너무 적다고 놀라자 사람들은 하나같이 내게 "그 책들은 베스트셀러예요"라고 대답했다. 나는 그 책들을 한 번, 두 번, 열 번까지 읽고 또 읽었고 마술봉을 든 해리포터나 지팡이를 든 간달프의 사소한 디테일과 제스처까지 속속들이 알게 되었다. 그 책들은 이야기 그 자체를 제외하면 아무런 의미도 전달해주지 못했다. 하얀 거품이 일어나는 거센 상상력의 파도 속에서, 정작 독자의 상상력은 쓸려가버렸다. 처음 책을 읽었을 때 발견하지 못한 의미는 일곱 번을 읽어도 절대 발견할 수 없었다. 그때부터 나는 문장들을 이해하려 하지도 않았다. 그저 책에 시선을 두고 하얀색 종이와 검은색 글씨를 보며 눈을 쉬게 하는 것에 만족했다. 나는 더 이상 감기지 않는 눈꺼풀이 쉴 수 있도록 졸음을 대신할 대용품으로서 궁여지책으로《해리포터와 불사조 기사단》이나《해리포터와 불의 잔》을 사고 또 샀다. 모리스 카렘에 대해 말하자면, 나는 그의 시를 보고 당황하지 않을 수 없었다. 동물이니 계절이니 학교에 대해 유치하고 어리숙하며 단조롭게 쓰인 이 시들은 어쩌다가 이 지옥까지 오게 되었을까? 서점 판매원은 그의 시가 초등학교에서 크게 호평을 받았다고 자신 있게 말했다. 그렇다면 그의 시는 제대로 성장하지 못한 우리를 벌하기 위한 것일까? 아무튼 어쩌다 보니 나는 그의 시들을 다 외우게 되었다.

하늘을 가로지를 때
나는 날개가 없어도 된다네
바다 위를 건널 때
나는 증기선을 타지 않아도 된다네
내가 단꿈에 빠져 있을 때
여행길은 너무나 짧고
세상은 너무나 작다네!
말하는 것은 내가 아니라
개미굴 근처에서

지푸라기 한 가닥을 끌고 가는

저 개미 한 마리.

모리스 카렘은 잘 몰랐던 모양이다. 세상은 작다기보다 고통스러웠다. 어디서나 마찬가지였다.

6장

나는 다른 곳에서보다 더 많은 사람들을 보았네
그들은 이쪽과 저쪽에서 크게 울부짖으며
가슴으로 무거운 짐을 밀고 있었네
그들은 서로 맞부딪치면 그 자리에서
각자 몸을 돌려 뒤쪽으로 되돌아갔네
그렇게 그들은 암울하게 원을 그리며 맴돌았네
《신곡》 제7곡

간밤에는 꿈도 꾸지 않은 채 아주 깊은 단잠에 빠졌다. 고요한 그 시간대에 매우 규칙적으로 들려오는 파도 소리에 내 의식은 깊게 가라앉았고 그 상태로 열 시간 남짓을 그대로 있었던 것이다. 잠에서 깨어난 나는 창가에 서서 갈매기 한 마리가 커다랗게 동심원을 그리며 날아가는 것을 지켜봤다. 갈매기의 유연한 날갯짓에 매료된 나는 광물질의 세계인 피오르에서 유일하게 환한 색깔을 뽐내는 갈매기의 주황색 부리와 다리에 감탄하며 오래도록 그렇게 서 있었다. 나는 갈매기가 바위 뒤로 사라진 뒤에야 방에서 나갔다. 그리고 노파에게 가 볼에 입을 맞추며 인사를 했고 매일 아침 그렇듯 모래사장으로 나가 파도의 포말로 세수를 했다. 물은 얼음장처럼 차가웠고 소금기가 살갗에 달라붙었다. 이 느낌은 질리지가 않았다. 하루를 지내며 조금이라도 마음이 산란해질 때면, 나는 마음을 달래려 혀를 입술에 갖다 대고 원시생활의 맛을 다시금 음미했다. 나는 오전 내내 울타리를 고치느라 정신이 없었다. 나는 이런 일에 그다지 능숙하지 않았지만 여기서는 분업이 되지 않았다. 그래서 각자가 손수 모든 일을 해야 했다. 양들은 처음에는 무척 놀랐지만 같은 자리에서 큰 소리 없이 도구를 다루는 나를 보고는 태연하게 내게 가까이 다가와 다시 풀을 뜯었다. 내가 양에 대해 특히 높이 평가하는 부분은 호기심이 전혀 없다는 것이다. 축구장 한복판에 풀어놔도 양들은 무슨 일이 있냐는 듯 계속 풀을 뜯어먹을 것이다. 자신의 일에 집중하는 그런 능력은 감탄스러울 정도다. 나는 흙이 무른 부분을 겨우 발견해 말뚝을 박고 거기에 철사를 묶었다. 솔직히 양들은 방목해도 된다. 수요가 워낙 적기 때문에 공급은 언제나 과잉일 테고, 이 황량한 땅에서 누가 양들을 훔쳐 가겠는가? 이 문제를 노파와 상의해봐야겠다.

내가 울타리를 보수하는 데 그렇게 오랜 시간을 쓴 것은 단순히 작업을 꼼꼼하게 하고 싶다는 열의 때문만은 아니었다. 사실대로 말하자면, 나는 그 어느 때보다 다시 글을 쓰는 순간을 최대한 피하고 싶었다. 그러나 오늘은 글을 쓰기로 나 자신과 약속했고 그 약속을 지킬 것이다. 이제 우리는 이 이야기의 가장 고통스러운 장면들을 만날 것이다. 나는 내가 미쳤다고 생각했다. 아니, 정확히 말하면 나는 미쳤었다.

⚜

나는 결국 내 팔뚝에 마이크로 칩을 심기로 했다. 그때부터 카드 없이도 결제가 가능했고 보안 검색도 더 빨리 통과할 수 있었다. 또 두개골 아래에 전도체를 심어 비행 스케줄, 식당 예약, 또는 새로 여는 상점에 관한 알림을 뇌로 직접 수신할 수 있었다. 이후 생활이 더 편리해졌다는 것은 부인하지 않겠다. 이식 수술 자체는 고통스럽지 않았다. 나는 붉은색 유니폼의 직원들에게 이곳에 도착했을 때 받은 회색 박스를 건넸고 그들은 내가 이런 현명한 결정을 내리는 데 그렇게 오랜 시간을 끌었다는 것에 무척 놀라며 신속하게 칩들을 내 몸에 이식했다. 다만 국소마취를 한 것은 실망스러웠다. 전신마취를 한다면 병원에 있는 동안 잠시나마 나 자신을 놔버릴 수 있을 거라 기대했기 때문이다. 그러나 외과 수술의 발달로 이제 뇌의 국소 부위는 통증 없이 수술이 가능했다. 수술이 끝나자마자 너무나 상냥한 관리부의 한 직원이 손가락으로 서명해야 하는 장문의 계약서가 담긴 태블릿을 내 앞에 내밀었다.

"시스템을 운영하는 데 필수적인 절차입니다." 그가 설명했다.

나는 이용약관을 터치해 백여 페이지에 달하는 계약서를 대충 살펴봤다.

"걱정 마세요. 그렇게 중요한 내용은 없답니다." 그가 말을 이어갔다.

"아무도 읽지 않을 거라면 약관은 왜 만들어놓은 거죠?"

"그건 내부 규정이라, 뭐 다 요식 행위죠……." 그가 한숨을 쉬며 말했다.

"그렇군요."

대기 시간을 계산하고 무인 발권기 앞에 줄을 서서 기다리는 일은 얼마나 지긋지긋했던가! 나는 필요한 물건들을 하루가 멀다고 쇼핑해야 하는 걱정 없이 완벽한 자유를 누리며 이동하는 것 같은 다른 망자들을 아니꼬운 시선으로 쳐다보곤 했다. 신용카드 비밀번호와 종이 티켓을 사용하는 내가 구닥다리처럼 느껴지기도 했다. 오래전 나는 인류가 개발한 신제품을 열정적으로 테스트하는 얼리어답터로서, 늘 우쭐해하며 혁신의 본질적인 힘에 대한 글을 쓰지 않았던가? 그렇지만 전도체를 심는 것만은 어째선지 오랫동안 망설여졌다. 그러다 결심을 하고 편견은 쓰레기통에 던져버렸다! 나는 기술의 진보를 피하지 않으리라 결심했다. 이러나저러나 지옥에 있는 것은 매한가지였다. 그렇다면 편안하게 지내는 편이 낫지 않겠는가.

이식 수술을 받은 후, 중앙 시스템이 구축해놓은 통신 프로그램은 내 머릿속 생각에 끊임없이 개입했다. 예컨대 울란바토르행 티켓을 구매하기 위해서는 생각을 하기만 하면 됐다. 반면 지연이나 게이트 변경 사항은 안내판에 표시되기도 전에 내 뉴런에 전송됐다. 그러나 그런 정보는 독립된 두 개체 간에 대화로 정보를 교환하는 로그오프된 산 자들이 생각하는 것처럼 목소리로 전달되는 것이 아니었다. 그것은 오히려 어떤 파동, 웅웅대는 소리로 내게 새로운 정보를 채워주기도 했고, 내 안에 너무나 혼란스럽고 불확실하게 머물러 있는 온갖 것들을 비워주기도 했다. 예전이라면 망설이거나 갈팡질팡하다가 시간을 지체하기 일쑤였지만, 그때부터 나는 무슨 일이 생겨도 대처할 수 있었기에 당당하게 로비 이곳저곳을 누볐다. 공항의 안내도나 내 수첩의 계획이나 내 안에 통합되어 있어 시각화할 필요가 없었다. 훈련을 잘 받은 물개 쇼부터 미용실 예약, 운동화 매장, 별 세 개짜리 레스토랑, 향수 매장, 대기실, 모리스 카렘의 시, 곧 이륙할 비행기의 내 좌석 22C에 이르기까지 막힘이 없었다.

나는 굳은 결심을 하고 나의 삶이 되어버린 무(無)의 세계로 뛰어들었다. 전도체와 연결된 마이크로 칩 덕분에 나는 모든 구매 비용을 자동으로 지불할 수 있었다. 예를 들어 팽오쇼콜라를 사고 싶다면 그냥 빵집에 들어가기만 해도 서빙이 되고 지불이 이루어졌기 때문에 점원과는 단 한마디도 나눌 필요가 없었다. 마사지숍에서도 마찬가지였다. 조금이라도 발기가 되면 나는 마사지숍에 갔다. 아니 마사지숍으로 인도되었다. 아니 그보다 내 영혼을 관통하는 온갖 쾌락을 선사하는 붉은색 유니폼의 직원 품에 안겨 있었다고 말하는 게 더 정확할 것이다. 오해, 지체, 불화, 그러니까 우리 경제학자들이 '거래 비용'이라 부르는 인류의 그 모든 무가치한 것들이 종말을 맞은 셈이었다. 그때부터 내가 흠잡을 데 없이 완벽한 어떤 시장 안에 살고 있다는 생각을 떨칠 수가 없었다.

정년이 다가올 즈음, 나는 '경제적 유토피아'라는 제하의 학회를 주관한 적이 있었다. 거기서 나는 언제나 공급이 가능하고 정확한 정보가 제공되며 최적의 선택을 할 수 있어 거래가 매우 원활하게 이루어지는 세상을 제시했다. 그때 나는 1층 뒷자리에 앉아 우리의 일상을 지배하는 논리에서 벗어날 수 있다는 것에 흡족해하는 학생들을 보며, 그런 세상에서도 시간이 여전히 존재할까를 자문하지 않았던가? 그런 세상에서는 모든 것이 한순간에 해결될 것이다. 우리의 욕구는 영원히 충족될 것이고 행복한 부동의 상태에서 우리의 선택은 단번에 이루어질 것이다. 반면, 충분한 시간을 갖고 선택을 하는 행위는 그저 우리의 결함으로, 말하자면 합리적으로 행동하기를 거부하는 고집스러움으로 취급받을 것이다. 경제학은 불완전한 세계에서 쉽사리 오류에 빠지는 인간들의 교리나 마찬가지였다. 또 경제학은 인류가 자꾸자꾸 망가뜨리는 어떤 퍼즐의 조각들을 다시 맞춰보려 하는 학문이었다. 학생들은 내게 열렬한 박수를 보냈다. 게다가 나는 교지의 표지를 장식하기도 했다. 그렇지만 나는 그 학회를 일종의 사고실험•으로서 크게 중요하게 생각하지 않고 준비했었다. 그런데 생각지도 않게 죽음은 내가 옳았다는 것을 증명해주었다. 나는 이제 나 자신이 설계했던 유토피아에 살게 된 것이 아닌가. 물론 그곳에는 순간과 영원이 혼재하고 있지만.

이런 결론은 돌이킬 수 없는 것처럼 보였다. 때때로 나는 이 결론이 정말로 내 머리에서 나왔는지, 아니면 중앙 시스템이 자신의 정당성을 내세우기 위해 만들어낸 전도체의 산물인지를 자문해보곤 했다. 그런데 그런 의문 역시 내가 스스로 떠올린 것이었을까? 사실 뭐가 대수겠는가? 진실은 나에게, 우리에게, 시스템에, 그리고 그 시스템을 만들고 그것을 가득 채운 뇌에 강제되

• 실제로 실험을 수행하는 대신 머릿속에서 단순화된 실험 장치와 조건을 생각하고 이론에 따라 추론하여 수행하는 실험

었다. 우리 모두는 어떤 절대적 관성이라고 할 수 있는 영원히 지속되는 움직임, 그러니까 결코 사그라지지 않는 끝없는 욕망에 모두 한데 묶여 있었다. 그렇게 나는 사방에서 출몰하는 유혹들 속에서, 내 앞에서 번쩍이는 광고와 내 안에 침투하는 정보를 더 이상 구별하지 못한 채 고단함도, 결핍도, 고통도 없는 레이스에 휘말려 시장의 생리에 익숙해져갔다.

절대로 이루어지지 말았어야 할 그 짧은 만남이 아니었다면, 나 역시 텅 빈 눈으로 내 주변에서 달리고 있는 다른 망자들처럼 영원히 이 수렁에 빠져 있었을 것이다. 그날 나는 비행기 탑승을 기다리면서 한 통로에 서 있었고 이례적으로 세 시간이나 지연된 비행의 탑승객 무리는 반대편에서 지나가고 있었다. 우리는 사람 높이의 유리창을 사이에 두고 있었다. 나는 그들의 튀는 옷차림을 대강 훑어봤다. 많은 사람들이 전 세계 공항에서 당시 무척 유행했던 핑크색 실크 스카프를 목에 두르고 있었다. 나는 속으로 도착하면 저 스카프를 사야겠다고 생각했고 그것은 시스템에 자동으로 입력되었다. 같은 옷을 이틀째 입고 있었기에 한바탕 쇼핑을 해야겠다고 계획을 세웠던 차였다.

그런데 갑자기 유리창 저편에서 누군가 큰 소리로 외쳤다.

"아빠!"

나는 어안이 벙벙했다. 여기서는 누구도 절대 목소리를 높이지 않았다. 내가 속한 그룹 B+에서 볼멘소리가 흘러나왔다.

"아빠!"

목소리가 귀에 익었다. 오히려 익숙하지 않은 것은 익숙한 느낌 그 자체였다. 나와 친밀하거나 내가 사랑하는 무언가를, 누군가를 경험하지 못한 채 지낸 세월이 몇 년, 몇십 년, 몇 세기였던가? 이곳에서 대체되지 못할 것은 없었다.

"아빠, 저예요!"

나는 그 자리에서 얼어붙었다. 내게 말을 하고 있는 것이 분명했다.

그러니까 아빠는, 바로 나였다.

그러니까…… 여러분은 아마 이 상황에 대해 확실한 결론을 내렸을지도 모른다. 하지만 나는 아니었다. 나는 내 머리를 맴도는 좌석 번호, 기내식 메뉴, 비행 고도에 관련된 소음을 한쪽에 치워두려고 엄청난 노력을 기울였다. B+클래스, 좌석번호 22A, 운이 좋았다. 기내식은 연어 아니면 소고기 그라탱?

"빌어먹을! 아빠!"

나는 그제야 뒤를 돌아봤다. 내 눈이 공간감을 되찾으려고 애쓰는 듯, 처음에는 유리창만이 눈에 들어왔다. 그다음에는 그 얼굴이 눈에 들어왔다.

"연어, 연어, 연어!" 나는 자제력을 잃고 소리쳤다.

내 머릿속에서는 특별히 선별된 최고급 와인 목록이 줄줄이 지나갔다. 저승에서 우리는 결코 취하는 법이 없었기에 온갖 고급스런 그랑 크뤼 와인들을 모두 맛볼 수 있었다. 살아생전 보르도 와인과 부르고뉴 와인도 구분하지 못했던 나는 어느새 능숙한 소믈리에가 되어 있었다. 나는 유명하지는 않지만 내가 선호하는 블루베리 풍미가 있는 와인을 선택했다. 내 뒤에서 같은 B+그룹 사람들이 짜증을 냈다.

"앞으로 좀 가주세요."

나는 앞으로 나아가려 했지만, 그 괴로움에 찬 목소리가 다시 들려왔다.

"아빠, 나 못 알아보겠어요?"

나는 그때서야 그를 쳐다봤다. 머리가 희끗희끗한

제법 나이가 들어 보이는 남자였다. 별다른 특색 없는 평범한 사람이었다. 나는 그를 찬찬히 뜯어봤다.

"선생님, 앞으로 좀 가시라고요!"

그때 그의 이목구비가 순식간에 흐트러졌다가 다시 맞춰지는 것 같았다. 착시현상에 의해 늙은 마녀의 초상화에서 젊은 여인의 이미지가 튀어나올 때처럼 말이다. 그의 까칠한 뺨, 눈 밑의 주름, 사흘은 깎지 않은 듯한 희끗한 수염 너머로 내가 그토록 많이 놀아주었던 어린아이가, 나와 그토록 많이 부딪혔던 사춘기 소년이, 단 한 번도 내 마음에 드는 선택을 한 적 없던 청년이 홀연히 내 앞에 나타났다. 우리가 서로 얼굴을 마주하고 있던 그 순간, 사람들은 아마도 우리가 동년배일 것이라고 생각했을 것이다. 공항에서 우연히 마주친 나이 든 두 친구라고 말이다.

"테오! 테오구나!" 나는 그의 얼굴을 마주 대하고 소리쳤다.

우리는 유리창에 서로 얼굴을 맞댔다.

도무지 이해할 수 없는 상황에다 흥분까지 한 나는 엄청난 혼란에 휩싸였다. 우리가 여기서 다시 만나기까지 대체 얼마나 많은 시간이 흐른 것일까? 단 한 번도 생각해보지 않은 상황이었다. 걱정이 많은 부모라면 누구나 소아과에 다녀온 뒤에나, 전원이 꺼진 아이의 핸드폰에 전화를 걸던 밤에 한 번쯤은 아이가 끔찍한 사고를 당했을지도 모른다는 상상을 해봤을 것이다. 하지만 내 아이가 나이가 들어 호상으로 죽음을 맞이할 것이라고 어떻게 생각할 수 있겠는가? 저 아이는 대체 무슨 어리석은 짓을 했기에 여기 와 있는 걸까?

"저기요, 앞으로 좀 가세요."

"당신 때문에 다 늦게 생겼잖아요!"

"골칫거리는 어딜 가나 꼭 있다니까."

"보안 요원 불렀나요?"

B+그룹 사람들은 인내심이 없었다. 그들은 나를 피해 찔끔찔끔 앞으로 나아갔다. 나를 쓰러뜨리고, 짓밟고, 찍어 누르려는 무리가 분노에 휩싸여 들썩거리고 있었다.

"테오." 나는 더욱 침착하게 다시 입을 뗐다.

무슨 말을 해야 할지 몰랐다. 유리창에 김이 서려 테오의 얼굴이 잘 보이지 않았다. 테오는 대답하지 않았다. 내 말이 들리기는 하는 것일까?

"테오, 밥은 잘 먹고 다니니? 점심은 먹었고?" 나는 나도 모르게 소리쳤다.

테오에게는 제때 식사를 하지 않고 아무 때나 냉장고를 열어보는 습관이 있었고, 아내와 나는 그런 습관을 몹시 탐탁지 않아 했다. 돌이켜 생각해보니 나는 그런 습관을 고치지 않으면 미래에도 무절제한 삶을 살게 될 거라고 생각했던 것 같다.

"24시간 후에 올랜도에서 다시 볼까?"

나는 손바닥으로 유리창에 서린 김을 닦았다. 그런데 아무도 없었다. 아들은 이미 여행객 무리에 휩쓸려 가버렸다.

"어디 불편하세요?" 인정머리라곤 없는 말투로 내 뒤에 나타난 붉은색 유니폼의 직원이 물었다.

그는 나를 비행기 문 앞까지 데려다줬고 승무원들은 나를 싸늘하게 쳐다봤지만, 나는 아랑곳하지 않았다. 내 뉴런은 내가 D4그룹으로 강등되었다고 알려주었다. 이제 나는 땅콩이나 프레첼, 둘 중에 하나만 선택할 수 있게 됐다.

앞자리 등받이에 무릎이 닿는 좌석에 앉은 나는 비행을 하는 내내 비탄에 빠져 있었다. 그 열 시간이 내가 지옥에서 보낸 날들 중 가장 괴로운 시간이었다. 나는 시스템이 내 기억 속에서 아들과의 만남을 지워버리려 한다는 것, 그리고 매우 희박한 확률로 아들과 마주칠 수 있었다는 것을 직감했다. 공항에서는 감정을 드러내지 않는 것이 좋았다(여행객에 제공되는 핸드북에 '모든 과도한 행동은 보안을 위협할 수 있다'고 쓰여 있다). 나는 몸부림을 쳤다. 다시는 테오를 잃지 않으리라.

수많은 아이스크림, 커다란 젖가슴, 연기로 자욱한 사우나까지 나의 슬픔을 달래려는 유혹적인 이미지들이 내 머릿속으로 밀물처럼 밀려왔다. 나는 포위된 군인이 화살을 하나하나 쏘아 침략군을 물리치듯 인내심을 갖고 치밀하게 그 이미지들을 물리쳤다. 나는 가까스로 테오의 얼굴을 다시 떠올렸다. 테오의 탄생부터 내가 마지막으로 본 테오의 마흔 살까지, 내 기억 속에서 재구성된 조금 전 내가 본 그 얼굴을. 내 인생에서 내가 할 수 있었던 유일한 사랑, 그 유일하고 강렬한 감정 속에 하나로 합쳐진 그 모든 얼굴들을. 대학원생들과 보내느라 그 모든 저녁 시간을, 저 먼 타 지역에서 열리는 세미나에 참석하느라 그 모든 주말을, 나를 치켜세워주는 외국 대학에서 초빙교수를 지내느라 그 모든 날들과 달들을 허비해버린 나는 얼마나 어리석었는지!

내 인생에서 유일하게 의미 있었던 순간들은 아들과 함께 보낸 시간들이었다. 아들과 함께 하이킹을 갔을 때, 그리고 목적지에 도착해 피곤하지만 뿌듯한 마음으로 시골 카페에서 함께 맥주를 마셨을 때. 아들이 정치학 공부를 그만두었을 때, 나는 왜 그렇게까지 화를 냈을까? 아들이 국회의원이라도 될 수 있을 거라고 생각했나? 나는 이곳에서 그런 국회의원들을 매일 마주쳤다. 그들 역시 이 로비에서 저 로비로 마지못해 이동하는 우리와 다를 바가 없었다.

비행기 객실 조명은 어두침침했지만 아무도 잠들지 못했고 승무원들은 객실 복도를 오가는 걸음을 천천히 늦췄다. 나는 차분히 생각했다. 그런 우연한 만남은 수백, 아니 수천 년 안에 다시는 일어나지 않을 것이다. 시스템의 경계 태세는 더욱 강화될 것이다. 어떤 사람들은 사무실로 끌려가 책망을 들을 것이고 알고리즘은 더욱 복잡하게 작동할 것이다! 그러면 아들과 나, 우리가 어떤 파멸을 맞을지 그 누가 알겠는가? 우주의 허공 속에서 궤도를 따라 도는 두 조각의 먼지처럼, 쾌락을 추구하는 궤도에 오른 우리는 너무나 빽빽한 스케줄을 따라가느라 서로를 알아보지 못하고 스쳐 지나갈 것이다.

비행기가 착륙했을 때, 나는 아주 오랫동안 경험하지 못했던 일종의 벼락같은 깨달음을 얻었다. 나는 결심했다. 나는 광고를 보면서 영원의 시간을 보내지 않을 것이다. 나는 여기서 도망칠 것이다. 나는 테오를 찾을 것이다. 나는 그것을 어떻게 실행할 것인지는 생각해보지 않았다. 그러나 필수적인 조건은 알고 있었다. 시스템을 로그오프하는 것이다. 무슨 일이 있어도 멈춤의 순간, 어두침침한 공간, 움직임이 정지되는 찰나를 찾아내야 했다. 나는 내 머릿속의 잡념들을 몰아내기 위해, 내게 주어진 상황과 그에 따른 선택을 합리적으로 검토하기 위해 나 자신에게 집중해야 했다.

정말로 골치 아픈 일들이 시작된 것은 그때부터였다. 나는 우선 내게 이식된 전도체를 떼어내기 위해 관리부로 갔다. 정말 놀랍게도 나는 cX4f57U!g를 또다시 마주쳤다. 예전에 내가 이곳에서 나갈 수 있다는 희망의 싹을 완전히 잘라버렸던 그는 그때와 똑같이 침울하고 어두운 얼굴을 하고 있었다.

"또 오셨네요!" 그가 나를 흘낏 쳐다보며 구시렁댔다.

그는 다시 내 기록부를 봤다.

"설마 했는데, 역시네요. 문제를 일으키는 사람은 항상 정해져 있다니까."

나는 감정을 억누르고 억지로 미소를 지었다. 지금은 화를 낼 타이밍이 아니었다. 나는 그에게 정중하게 내 상황에 대해 설명했다. 그는 고개조차 들지 않고 내 요청을 단칼에 거절했다. 내가 서명한 이용약관에는 계약을 철회할 수 없다는 조항이 있었다. 나는 끈질기게 요청했다. 분명히 해결할 방법이 있지 않을까?

"죄송합니다." 그는 지난번과 똑같이 대답했다. "시스템에서 이런 절차가 승인되지 않아요. 대신 무료로 업데이트를 하실 수는 있어요."

'동의' 칸에 클릭했던 그날이 이렇게 후회가 될 줄이야!

"잠시만요……."

그는 키보드를 두드리며 집중한 얼굴로 모니터를 쳐다보기 시작했다. 나는 그가 열댓 번 클릭을 한 후에 기막힌 방법으로 시스템을 조작해 가격 할인을 해주는 판매원처럼 시스템을 조작할 수 있을지도 모른다는 헛된 희망을 품었다. 그의 얼굴이 갑자기 환해졌다. 나는 잠자코 기다렸다.

"선생님이 좋아하실 거예요!" 무언가를 발견하고 기뻐하며 그가 소리쳤다.

"뭔데요?"

"제가 지금 보니 선생님께서 이런 제목의 연구 논문을 발표하신 적이 있네요. '정보의 최적화: 내시균형 실현을 위한 바이오테크놀로지를 중심으로' 기억하세요?"

"뭐 대충은……. 크게 호응을 얻지는 못했어요."

"그런데 선생님은 그 논문에서 파격적인 주장을 펼치셨어요. 들어보세요. '거래 비용이 감소하고 정보의 흐름이 소비자의 욕구를 파악하여 소비자의 생각과 가까워질수록(현재는 스마트 글라스와 스마트 워치로, 미래에는 신체 기관 자체에 연결된 기기의 삽입을 통해), 시장의 변동은 감소하고 결국 균형 상태를 이룰 것이다.' 그리고 또 정확하게 이렇게 쓰셨죠. '이러한 인지적·경제적 패러다임의 변화에서 비롯되는 여러 긍정적인 효과들이 있겠지만, 그중에서도 특히 투기 자체가 사라지고 인플레이션이 제로에 가까워질 수 있다는 것에 주목해야 한다.' 조금 젠체하며 전문용어를 쓰셨지만 미래를 내다보신 것 아닌가요? 보셨듯이 여기서는 가격이 늘 안정적이잖아요?"

"내가 잘난 체를 했다고요?" 나는 즉시 반박했다.

"언짢으셨다면 죄송해요. 선생님 같은 교수들은 정말 예민하시군요."

"그럼 내 전도체는……." 나는 다시 말을 이어갔다.

"아니 도대체 뭐가 불만이시죠? 전도체가 균형 상태를 만들어주지 않던가요? 뭐라 그러셨더라, 그 내시 균형 말이에요. 저는 내시가 누군지는 모르겠지만 어쨌든 여기에서 중요한 역할을 하고 있네요!"

"제발……." 절망한 내가 간청했다.

"걱정 마세요." 그가 내 손을 잡으며 말했다. "몇백 년 후면 선생님은 전도체가 이식되어 있다는 것조차 의식하지 못하실 거예요. 업그레이드된 소프트웨어는 훨씬 더 고도화될 테니까요."

사무실에서 나오자마자, 18시 54분 탑승을 알려주는 알림과 더불어 사우나, 푸아그라를 비롯해 없는 게 없는 토산품 매장(내가 지금 프랑스 남부 쪽 공항에 있는 모양이었다), 인터렉티브 핀볼 게임 등 대기 시간을 때울 만한 다양한 장소에 대한 정보가 다시 머릿속으로 들어왔다. 나의 발걸음은 이미 나를 로비로 안내하는 가상의 화살표를 따라가고 있었는데, 그때 나는 돌연 반대 방향으로 건너갔다. 나는 치밀하게 계획을 세워 뇌로 전달되는 것과는 반대로 행동하기로 결심했다. 나는 오로지 나의 의지만으로 시스템에서 벗어날 것이다.

그렇게 내 삶은 매 순간 투쟁으로 변했다. 나는 더 이상 마사지숍에 가지 않았고, 내 뉴런에 침투하는 한층 더 노골적인 이미지들을 떨치며 고통스럽게 금욕을 하려 애썼다. 그런데도 발기가 되면 미칠 것 같았다. 나는 옷이 해져 누더기가 될 때까지 옷도 사지 않았고, 그 꼴을 하고 비행기를 타면 승무원들은 내게 강제로 새 옷을 입혔다. 이후 나는 색깔이며 사이즈를 따지지 않고 가능한 한 빨리 쇼핑을 했다. 유랑하는 광대 꼴이 되어버린 내게 사람들은 경멸의 시선을 보내고 무례한 지적을 했지만 나는 신경 쓰지 않았다. 나는 내가 세운 원칙에 따라 소비를 자제했고 승객들이 던져놓은 온갖 것들이 나뒹구는 쓰레기통 주변에서 어렵지 않게 배를 채웠다. 시스템은 갈수록 더욱더 강력하게 나를 유혹했지만 나는 사이렌의 노래에 현혹되지 않으려 돛대에 자신을 단단히 결박한 율리시스처럼 유혹을 떨쳐냈다. 나는 가죽 등산화도, 소렐허브를 곁들인 연어 요리도, 관능적 아름다움도, 심지어 내게서 멀지 않은 곳에 난 대기실 자리까지 모두 다 마다했다. 채워지지 않는 욕망으로 사위어버린 나는 차라리 지친 몸을 이끌고 서 있는 편이 나았다. 이렇게 지독하고 광기 어린 고집스러움이 어디서 비롯된 것인지는 알 수 없었다. 그것은 아마도 내가 영원한 체념에 빠져버리기 전에 나의 존엄을 지키고자 한 최후의 몸부림이었으리라.

시스템은 재빨리 전략을 바꿔 나를 징벌하기 시작했다. 내가 가지고 있던 다양한 멤버십 카드의 포인트가 모조리 소멸됐다. 나는 프리패스 통행권도, 대기실도, 승무원의 미소도 없는 '드리머' 클래스로 강등됐다. 나는 매 비행마다 다섯 시간 전부터 서둘러야 했다. 그때 공항은 중소 도시에 맞먹을 정도로 넓어서 여기서 저기까지 셔틀 트레인을 타고 긴 거리를 이동해야 했기 때문이다. 승객 수는 기하급수적으로 늘어나는데 목적지는 한정되어 있어서 로비며 상점, 마사지숍은 냉혹한 시장 논리에 따라 급격하게 증가했다.

나는 이곳에 처음 왔을 때 느꼈던 가족적인 분위기가 그리워지기 시작했다. 돌이켜보면 카사네 공항 로비는 한적한 시골의 소박한 마을처럼 느껴졌었다. 어쩌면 언젠가는 공항이 서비스를 제공하던 나라들까지 집어삼

키면서 지구 표면 전체를 뒤덮어버릴지도 모를 일이었다. 그러면 그들은 아무런 제한도 없는 공간에서 공항의 규모를 계속해서 확장해갈 것이다. 그렇게 되면 지옥이 끊임없이 이동하는 수억, 수조의 망자들 덕에 은하계만큼 커질지 또 누가 알겠는가?

그동안 나는 천민으로 전락했다. 악착같은 내 고집의 당연한 결과였겠지만, 나는 날이 갈수록 길어져만 가는 대기 줄에 서기 위해 날이 갈수록 더욱더 서둘러야 했다. 비행기가 착륙하자마자 나는 다음 비행 수속을 밟기 위해 첫 번째 대기 줄에 서야 했다. 이 카운터에서 저 카운터로, 이 검색대에서 저 검색대로, 기다란 뱀처럼 구불거리는 대기 선을 쉼 없이 따라갔다. 전혀 예약할 필요가 없는 플라스틱 의자가 있는 화장실조차 사람들로 북적였다. 대기 줄에서 빠져나오기 위해 줄을 서야 했을 정도였으니!

나는 충분한 시간을 두고 조급함의 속성에 대해 사유해봤다. 하루 종일 풀을 뜯는 양은 초조해하지 않는 반면, 나는 왜 언제나 진정되지 않는 조바심 때문에 괴로워하는가? 그것은 지성이나 상상력의 문제가 아니었다. 또 환경에 관련된 문제도 아니었다. 냄새, 질감, 빛,

곤충, 그리고 꽃이 있는 초원이 네온으로 번쩍이며 똑같은 광고를 무한 반복으로 내보내는 콘크리트 건물보다 인지적 분산을 더 많이 일으킨다는 것을 기꺼이 인정한다고 해도 말이다.

그 둘의 차이는 보다 사소한 것이었다. 그것은 바로 양에게는 지켜야 할 스케줄이 없다는 것이었다. 시간의 제약이 사라지면 초조함은 더 이상 설 자리가 없다. 그것이 아무리 지루하다 해도, 사람들은 현재의 흐름에 자신을 맡길 수 있다. 그런데 나는 탑승 시작 순간이 다가올 때까지 조바심을 내며 서둘러야 했다. 목적지가 어디든 상관없어졌다고 해도, 어떤 장소에 도착해야 한다는 생각만으로도 시간이 측정되는 지점에서부터 카운트다운이 시작되었고, 그것은 여전히 그 많은 시간과 분과 초를 통과해야 한다는 초조함을 유발할 수밖에 없었다. 수많은 해와 수많은 세기의 흔적은 모조리 지워졌는데도 지옥에서의 나의 삶은 24시간이 칼같이 쪼개져 있었다.

초조함은 절대 그냥 생기는 것이 아니었다. 그것은 무언가 해야 할 일이 있는 사람들이 짊어지는 짐이었다. 그리고 이 지옥에서는 제아무리 지루하고 반복되는 것이라 할지라도, 늘 해야 할 일이 있었다.

⚜

아무튼 나는 이제 여러분에게 보내는 글을 쓰는 것 외에 해야 할 일이 아무것도 없기 때문에 더는 초조하지 않다. 한편으로 나는 양들의 울타리에 관해 노파와 진지하게 이야기를 나눠보기로 했다. 이렇게 어설프게 양들의 자유를 제한했다가는 언젠가 양들은 이 울타리가 열릴지도 모른다는 기대감을 품을 수도 있었다. 이것은 사소하긴 하지만 전체적으로 봤을 때 무시할 수 없으며, 우리가 감당할 수 있는 위험이 아니었다. 나에게 부여된 마지막 임무는 근심거리를 말끔히 지워버리는 것이었다.

나는 이미 이전에 살던 사람이 잔잔한 풍경 속, 옥에 티처럼 보이는 울타리 문제를 해결하려 했을 것이라 생각했다. 노파는 딱히 양들을 위해서라기보다 우리의 시선을 인도하는 지표로서 울타리를 중요하게 여겼다. 울타리가 없다면, 밤사이에 집이 다른 곳으로 옮겨져도 알아차리지 못할 것이다. 그렇지만 푯말을 설치하고 바다의 수평선과 평행으로 설치된 전면의 철조망을 유지하기만 해도 큰 문제는 없을 것 같았다. 나는 한두 달 후에 노파와 이야기를 나누며 이 문제를 상의할 것이다.

7장

그는 완전히 재가 되어 떨어졌다네
그러고는 땅바닥에 그렇게 부스러진 다음
재들이 저절로 함께 뭉치더니
순식간에 처음의 모습으로 되돌아갔다네
《신곡》 제24곡

어느 날, 나는 2차 보안 검색대로 가는 대기 줄에서 루이 16세를 다시 마주쳤다. 이렇게 우연히 만날 가능성은 통계적으로 극히 드물었고 시간이 흐를수록 그 가능성은 계속 줄어만 갔다. 나는 이 믿을 수 없는 기회를 놓칠 수 없었다. 오래전부터 완전한 문장을 구사하지 않은 탓에 나는 음절들만 간신히 내뱉었다. 루이 16세는 나를 미친 사람이라고 생각했을 것이다. 루이 16세가 멀어지는 것을 본 나는 대기 줄에서 내 자리를 뺏길 것을 무릅쓰고 그에게 다가갔다.

"폐하……." 나는 겨우 입을 뗐다.

이 말에 그가 안심하는 듯했다.

"폐하가 왜?" 내가 물었다. "폐하가…… 왜 VIP 라운지가 아닌 여기에?" 목이 메어왔다.

"아니……." 그는 시종을 물리듯 겸연쩍게 손사래를 치며 한숨만 푹 내쉬었다.

그의 모습은 지난번 만났을 때와 너무나도 달라져 있었다. 그는 해질 대로 해진 추리닝 차림에 무척 야위어 있었다. 그의 이중턱은 가죽만 남아서 빈 주머니처럼 목 주변에서 덜렁거렸다. 거뭇거뭇한 수염이 그의 얼굴을 덮고 있었다. 그는 갖은 노력에도 불구하고 절대로 말끔하게 면도를 하지 못하는 그런 남자들 중 하나였다. 구찌 비니 위로 볼록한 그의 머리통이 드러났다. 그의 모습은 너무나도 추했다. 근엄한 눈빛에 두터운 눈꺼풀만이 그의 귀족적인 면모를 어렴풋이 드러내주고 있었다.

"우리 전에…… 비행기에서……." 나는 그의 기억을 상기시키려 했다. "퍼스트 클래스에서요."

"퍼스트 클래스를 타지 않은 지도 정말 오래됐군."

"저도…… 그렇습니다."

그는 갑자기 관심을 보이며 나를 쳐다봤다.

"나는 조용히 여행하는 걸 더 좋아한다네." 그는 미소를 살짝 띠며 말을 이어갔다. "솔직히 말해서 나는 이 칙칙한 회색 건물보다 VIP 라운지가 훨씬 더 천박하고, 훨씬 더 불결하고, 훨씬 더 보잘것없다고 생각하네."

"저도 솔직히 그곳이 그렇게 아쉽지 않아요."

"입구에 들어서면 나에게 이렇게 묻지. '안녕하세요, 루이. 오늘 하루는 어땠나요?' 그 말을 듣는 순간 벌써 자리를 뜨고 싶은 마음이 들지. 그래도 내가 부르봉 왕가 사람인데! 배워먹지 못한 놈들이 감히 어떻게 내 세례명으로 나를 부를 수 있나? 어마마마도 나와 단둘이 있을 때만 가끔 그렇게 불렀을 뿐인데."

"그러니까 제가 말씀드리고 싶은 건, 많은 사람들 속에서 불편하게 이렇게 서 있지만, 여기서는 적어도 살아 있다고 느낀다는 거예요."

"자네는 독실한 기독교인 같은데. 그래서 자네에게 뭔가 좀 털어놓고 싶네. 나는 내가 왜 여기로 보내졌을까 오랫동안 생각해봤다네. 언제나 무척 온화했고, 점잖았고, 신심이 깊었던 나였는데 말이지. 나는 드러나지 않게 온갖 개혁들에도 착수했지. 자코뱅파가 후에 아우성을 치며 모조리 되돌려놨지만. 선대왕들과 다르게 나는 정부를 둔 적도 없었어."

"마사지숍이 있는 건 아시는지……." 나는 작은 목소리로 물었다.

그는 아무것도 듣지 못한 듯, 말을 이어갔다.

"죽을 때까지 방탕한 삶을 사셨던 할아버지는 왜 이곳으로 보내지지 않은 거지? 나는 살아서나 죽어서나 우리 가문을 위해 희생되어야만 하는 운명이었을까? 열 세대에 걸친 모든 불운이 다 내게 쏠린 것일까?"

"저도 그런 의문을 가진 적이 있긴 합니다."

"그게 말일세……."

우리를 끈질기게 지켜보고 있던 한 붉은색 유니폼의 직원이 모두가 들으란 듯 큰 소리를 치는 바람에 우리의 대화는 끊겼다. 이곳에서 사적인 대화는 매우 드문 일이어서 어쩔 수 없이 눈에 띌 수밖에 없었다.

"자, 고객님들, 주머니에서 소지품을 빼시고 옷을 벗어주세요! 서두르세요, 기다리는 사람들도 생각하셔야죠!"

'저 망할 놈의 새 기계 때문에…….' 루이 16세가 중얼거렸다. 실제로 얼마 전부터 옷을 다 벗고 의료용 MRI 장치와 비슷한 원통을 통과해야 했다. 붉은색 유니폼의 직원들은 테러리스트들도 언젠가 이곳에 올 운명이기 때문에 이곳의 기술도 이승의 기술이 진보하는 속도를 따라가야 한다고 누누이 우리에게 강조했다. 지옥은 끊임없이 시대를 따라가며 현대적으로 변모해갔다. 영원히 보안 게이트를 통과해야 하는 테러리스트들을 떠올리면 그나마 위안이 됐다. 우리 역시 그 게이트를 통과해야 했지만 테러리스트들에게 그보다 더 나은 형벌은 없는 것 같았다.

"자, 고객님들 조금만 더 서두르세요!" 붉은색 유니폼의 직원이 재촉했다. 모직물은 주황색 박스에, 합성직물은 초록색 박스에, 속옷은 파란색 박스에 넣어주세요."

루이 16세와 나는 묵묵히 옷을 벗어 컨베이어 벨트에 끊임없이 쌓여가는 플라스틱 박스에 옷을 집어넣었다. 그것은 마치 부품으로 전락한 무수한 인간들을 밤낮으로 채우고 비우는 노리아•의 양동이 같았다.

"선생님, 주의하세요. 팬티는 파란색 박스에 넣으셔야 해요." 붉은색 유니폼의 직원이 루이 16세에게 상냥

• 수력으로 움직이는 기계로 양동이가 달린 물방아

하게 안내했다.

"이건 모직물이라……."

"그렇지만 선생님, 그건 속옷으로 분류하셔야 해요."

"대체 뭐가 다르담?" 루이 16세가 혼잣말로 중얼거렸다.

붉은색 유니폼의 직원은 이제 짜증을 숨기지 않았다.

"각 로비 입구에 주의사항이 명시되어 있어요. 선생님의 안전을 위한 겁니다. 마저 하세요."

루이 16세는 맨 뒤쪽에 기다리고 있는 다른 사람들의 조롱 섞인 냉담한 시선을 받으며 성조기가 프린트된 트렁크 팬티를 집어 파란색 박스에 옮겨 담았다. 흉측한 그의 몸에 저절로 눈길이 갔다. 나도 딱히 그보다 낫다고는 할 수 없었지만, 적어도 흰담비 모피를 덮어서 가려야 할 정도는 아니었다.

우리는 스캔 원통에서 나와 다시 만났다. 루이는 운동화 끈을 다 맨 참이었다.

"그래서, 왜죠?" 그에게 물었다.

"왜라니, 뭐가?" 어리둥절한 표정으로 그가 대답했다.

"폐하가 왜…… 이 지옥에."

"아, 그래…… 이보게, 이건 단지 추측일 뿐일세." 그가 몸을 일으키며 말했다. "그게 말이야, 모든 건 다 나 때문일세."

"이 모든 게요?"

"VIP 라운지는 민주주의의 산물이지. 모두가 그 10분의 특권을 누리고 싶어 하네. 그리고 모두가 그 특권을 가질 수 있지. 바로 그게 잘못된 거야. 특권이란 아무나 가질 수 있는 게 아니라네. 특권이란 포인트를 쌓는다고 가질 수 있는 게 아니야. 특권은 그저 처음부터 주어지는 거지."

"모두가 특권을 누릴 수 있는 게 진보 아닐까요." 나는 용기 내어 말했다.

"그래, 그 진보가 모든 걸 이렇게 만들었지." 바지를 꿰어 입고 짐 가방을 찾느라 하나같이 정신이 팔린 저 떠돌이 무리를 가리키며 그가 한숨을 쉬었다. "우리 모두는 부랑자가 되었어."

"저는 폐하의 말씀에 동의할 수 없어요. 집단 지성은……."

"그런데 나는 말일세, 나는 안일하게 생각하는 바람에, 아니면 무기력해서 그냥 그렇게 되도록 내버려두었지." 루이가 내 말을 끊고 자신의 생각을 계속해서 말했다. "나는 인권이라는 거친 파도를 버텨낼 수 없었지. 나는 인류가 수 세기에 걸쳐 구축했던 첫 번째 제방이었어. 그런데 그 첫 번째 제방이 무너지고 나니 다른 제방들은 속수무책이었지. 그리고 세상은 덧없이 쓸려가 버렸네. 나는 내게 남은 시간을 평등의 잔재들 사이에서 서성대며 보냈지. 결국 다 자업자득이지만."

나는 잠자코 있었다. 더 이상 그를 설득할 수 없었다. 우리는 묵묵히 가랜드 장식이 번쩍이는 면세 구역을 지나 얼마 동안 함께 걸었고 출발 안내판 앞에서 걸음을 멈췄다.

"로스앤젤레스행 비행기를 타려면 서둘러야겠네." 루이는 체념한 듯 담담하게 말했다.

"D560T 게이트네요."

"셔틀 트레인을 두 시간 타고 버스도 한두 번 타야겠군."

"최소한으로 잡아도 그렇겠네요. 저는 민스크로 떠나요."

"어디 보자…… ZI657 게이트네. 반대 방향이군. 그럼 이만 여기서 헤어지지."

"우리 동행하면 어떨까요. 제가 비행 스케줄을 바꿔 볼게요……."

"지금에 와서? 자네도 잘 알다시피 그건 불가능하네. 특히 우리 같은 '드리머' 클래스의 비렁뱅이들은."

그가 미소를 지어 보였다. 나는 그와 악수를 나눴고, 목이 메어왔다. 인류애를 함께 나눌 수 있는 몇 분의 순간, 이런 순간을 다시 만나려면 몇천 년의 시간이 더 흘러야 할까? 다시 혼자가 되어 로비를 걸어갈 생각을 하니 갑자기 자신이 없었다.

"그러면 우리는 어떻게 해야 하나요?"

"죽으려고 해봐야지. 그러니까 내 말은, 진짜로 죽어야 한다는 거네. 왕실 예배당에서 영원한 삶을 약속하던 사제와 그의 강론이 생각나는군! 우리가 얼마나 죽음을 갈망하는지 그가 알았더라면. 안 그런가?"

민스크행 탑승을 위한 안내 방송이 내 뉴런에 울려 퍼졌고 나는 무의식적으로 걸어갔다. 그러다 번뜩 정신을 차리고 되돌아왔지만, 그새 루이는 사라지고 없었다.

⚜

언제나 구름으로 덮여 있는 하늘이라 크게 좋을 건 없었지만, 그래도 나는 창가 자리에 앉을 수 있었다. 구름은 조금의 빈 곳도 남기지 않고 저 멀리서 끊임없이 뭉게뭉게 피어올랐다. 보이지 않으나 끊어지지 않는 어떤 끈이 구름과 구름을 서로 묶어 우리가 볼 수 없게 땅을 가리고 있는 것 같았다. 어쨌든 땅에 무언가 남아 있다면 말이다.

나는 루이의 말을 곱씹었다. '죽어야 한다.' 당연한 말이었다. 평범하지만 얼마나 희망적인 계획인가! 해보자, 우리의 의지대로 그것을 끝낼 수 있다면 죽음은 경험해볼 만한 것이 아니겠는가. 나는 흥분에 휩싸였다. 자살을 할 수도 있다는 생각이 들자, 불현듯 이 여행이 그만하면 괜찮게 느껴졌다. 아니, 즐겁게 느껴지기까지 했다. 그런 생각은 살아생전 내가 머물렀던 정원의 오두막 같은 역할을 해주었다. 그렇게 자주 찾지는 않았지만 그 존재만으로 무미건조한 부부 생활을 견딜 수 있게 해준 은신처의 역할 말이다. 나는 자리에서 일어나 화장실 맞은편에 있는 비행기 출입문 근처에서 서성거렸다. 그게 최선의 해결책 아니겠는가? 나는 구름을 관통해 마지막으로 세상을 보게 될 것이다. 조금이라도 운이 따른다면 결국 단단한 땅 위에 추락해 먼지가 이는 짧은 순간 신선한 바깥공기를, 축축한 아침이슬을, 그리고 마지막으로 부식된 흙덩어리를 느낄 수 있을 것이다.

그렇지만 그 방법은 안 될 것 같았다. 끊임없는 점검과 보수 작업 덕분에 비행기는 요새라고 할 수 있을 정도로 안전한 곳이 되었다. 나는 내가 시도해볼 수 있는 여러 가지 방법들을 하나하나 차분하게 검토했다. 공항 상점에서는 당연히 총기를 구입할 수 없었다. 투신을 하려면 창이 있어야 할 것이다. 그런데 계류장 쪽으로 난 몇 개 없는 창문에는 깨지지 않는 창이 밀봉되어 있었다. 목을 매자니 방법도 모르겠고 눈에 안 띌 리가 없었다. 그런 일이 생기면 다른 망자들은 잔인하게도 나를 구하러 올 것이 분명했다. 약을 먹으려 해도 처방전은 엄격하게 관리되고 있었고 아스피린 다섯 봉으로는 음독자살을 할 수 없었다. 선택의 여지가 별로 없었다.

민스크에 도착하자마자, 나는 스테이크를 파는 레스토랑으로 달려가 감자튀김을 곁들인 고베 비프 스테이크와 블루베리 풍미의 고급 와인 한 병을 주문했고 내 머릿속에 파고드는 수차례의 출국 수속 알림을 깡그리 무시한 채, 루이 16세의 건강을 기원하며 잔을 비웠다.

그러고는 거하게 트림을 한 뒤, 고기 자르는 칼을 치켜들고 온 로비가 쩌렁쩌렁 울리도록 기쁨의 탄성을 내지르며 단호하고도 결연하게 내 혈관을 베어버렸다. 사방으로 피가 튀어 접시에 있는 고기의 피와 나의 피가 한데 섞였다. 내 인생에서 가장 짧았고 가장 즐거웠던 순간들이 내 눈앞에 흑백영화처럼 지나갔다. 나는 나의 오두막, 나만의 오두막으로 돌아갈 것이다. 마침내 혼자일 것이고, 마침내 아무런 생각을 하지 않아도 될 것이다.

⚜

얼마 후 나는 한 병실에서 의식을 되찾았고 나를 둘러싼 붉은색 유니폼의 직원들은 우려와 동정 어린 얼굴로 나를 지켜보고 있었다. 그들은 내가 각별히 여기는 무(無)의 세계로부터 서서히 빠져나와 가능한 오래도록 그 달콤한 기분을 음미하는 즐거움조차 허락하지 않았다. 내가 의식에서 깨어난 과정은 내가 느낀 실망만큼이나 무자비했다. 머리를 삭발한 한 구척장신의 남자가 마스크를 벗고 내게 다가왔다. 그의 목덜미에 있는 문신에 눈길이 갔다. 여러 개의 원들이 부분집합 모양으로 회절하다 결국 한 점으로 모이는 것 같은 기하학적 형태의 문신이었다.

"그때 실수로 그러신 건가요?" 그는 내 눈을 똑바로 쳐다보며 상냥하게 물었다. "실수로 칼이 스친 거죠?"

"아니에요!" 나는 울부짖으며 말했다.

그는 기록을 하고 있는 그의 부하 직원들에게 몸을 돌렸다.

"환자의 실수로 칼이 스침."

"그게 아니라고요! 그러니까 그건 시도였는데……."

어떻게 말해야 할까? 자살 시도? 아니면 탈출 시도?

"그렇지 않아요. 진정하세요. 그런 고통스러운 순간을 잘 기억하지 못하는 건 너무나 당연하죠. 게다가 우리가 어떻게 자신의 진짜 의도를 정확하게 알 수 있겠어요?"

"처음부터 다시 말씀드릴게요."

"환자분이 서툴러서 실수를 하신 거예요. 실수는 정말 눈 깜짝할 새 일어나죠. 이제 저희가 있으니 안심하세요. 저희는 조기 발견 시스템과 재생 기술을 보유하고 있어 언제나 환자들의 문제를 해결할 수 있으니까요. 제가 여기서 일하는 동안, 그러니까 영원이라는 시간 동안! 저희는 단 한 명의 환자도 잃지 않았어요."

"단 한 명도요?" 나는 애가 타서 물었다.

"실수로 다치시는 분이 선생님 한 분은 아니잖아요. 저희가 이런 사고들을 철저히 대비했고 공항을 안전하게 정비했는데도 고기 써는 칼은 미처 생각을 못 했네요. 죄송합니다. 저희가 레스토랑을 너무 느슨하게 관리했나 봅니다."

"통제 시스템을 다시 손볼 때가 된 것 같네요." 그의 동료 중 누군가 중얼거렸다.

붉은색 유니폼의 두 직원은 서로를 못마땅한 눈으로 쳐다봤다. 나는 그때 통제 시스템에 대한 해묵은 갈등이 그들 사이에 잠재돼 있었으며, 나의 탈출 시도로 인해 강경파의 의견에 더 무게가 실릴 것이라고 직감했다.

"어쨌든, 제가 자신 있게 말씀드릴 수 있는 건 저희가 실행하는 재생 의학으로 죽음을 극복했다는 거예요. 적어도 환자분 같은 망자들을 위해서요." 구척장신의 직원이 차분하게 말을 이어갔다. "산 자들의 경우에는 문제가 더 복잡한데, 환경을 통제하기가 훨씬 더 까다롭기 때문이죠. 하지만 이승에 있는 제 동료들이 괄목할 만한 진보를 이뤄냈다고 생각해요. 혹시 누가 아나요? 두 세계가 다시 만나게 될지?" 그가 꿈같은 소리를 지껄였다.

나는 잠자코 있었다. 그의 말을 듣자 바이오테크놀로지에 관한 나의 의견을 듣고자 한 의사들의 초청으로 참석했던 프라하에서의 한 학회가 떠올랐다. 우리를 접대했던 한 제약회사 덕에 우리는 구도시의 레스토랑에서 사흘 내내 성대한 회식을 했다. 나는 의사들에 대해 선입견이 있었지만 얼마 지나지 않아 그들을 좋아하게 되었다. 그들은 우리 경제학자들보다 육체적 쾌락에 훨씬 더 관대했다. 그들은 음탕한 농담이나 자기 환자들에 대한 냉소적인 지적을 하다 말거리가 궁해지면 너도나도 자신들이 집도했던 최악의 수술 사진을 보여주었고, 그것은 기형학에 대한 실질적 논쟁으로 이어졌다. 압생트에 푹 절은 우리의 저녁 회식은 돌바닥으로 된 길을 거닐면서 마무리되었다. 나는 섹스가 동반되는 2차에는 함께 가지 않았고, 다음 날이 되면 그들은 간밤에 있었던 일들에 대해 서로 이야기를 주고받았다. 학회가 끝나갈 무렵, 내 차례가 되어 연단에 올랐을 때 나는 청중들과 동료애로 연결되어 있다는 느낌을 받았고, 계속해서 증가하는 건강에 대한 관심으로 몸에 대한 기독교적 금기가 하나씩 철폐될 것이라고 주저 없이 예측했다.

나는 불완전한 인간의 몸은 오래지 않아 자연과 인공의 관습적 경계를 초월하여 보철물과 실리콘으로 채워질 것이라고 주장했다. 또 인간의 몸은 재생되고, 발달되고, 개선될 수 있다고 전망했다. 그리고 시장이 인간을 영원한 존재로 만들어줄 것이라고 역설했다. 나는 열렬한 박수갈채와 환호까지 받았고 학회가 진행되는 동안 기록된 나의 발제는 의학 연구에서 심심치 않게 인용되었다. 그러나 그때의 일은 내 마음속에 조금 꺼림칙하게 남아 있었는데, 그 분야가 나의 전문 분야라 할 수 없었고, 지나치게 관대한 청중들 앞에 떠밀리듯 나선 것이었기 때문이었다. 이에 더해 보다 내밀한 이유는, 뭐라 표현하기는 어렵지만 나 자신이 나의 논리에 완전히 설득되지 않았다는 데 있었다. 그래서 나는 내가 가르치는 학생들 앞에서 나의 연구들이 전체적으로 얼마나 일관성이 있는지를 내세우면서 마음을 달랬다. 왜 건강은 다른 재화들과 다르게 취급되어야 하는가? 게리 베커•는

• 1992년 노벨 경제학상을 받은 미국의 경제학자로 가족 관계, 인종 차별, 마약 중독, 범죄 등 다양한 분야에 경제학적 원리를 적용하여 경제학의 범위를 넓혔다고 평가받는다.

경제학이 온갖 것에 다 적용될 수 있다는 것을 증명해내지 않았는가? 그렇게 나는 내가 주장했던 개념을 고수하려는 나의 그 엄격한 태도 때문에 너무나도 불행한 결말에 맞닥뜨리고 말았다.

구척장신의 직원이 내 몸에서 정맥주사를 떼어내기 위해 몸을 굽혔다. 그때 그의 문신 전체가 눈에 들어왔고, 가만 보니 그것은 다름 아닌 QR 코드였다. 나의 호기심 어린 눈빛을 눈치챘는지, 그가 민망한 듯 옷깃을 여몄다. 이곳의 관리자들에게도 감정이 있는 것이 분명했다. 우리를 상냥하게 고문하기 위해 대량으로 만들어진 이 가련한 악마들이 과연 올바른 생각을 할 수 있었을까? 어쩌면 저들도 의심, 권태, 희망 없는 하루하루에 갑갑함을 느끼고 있지 않았을까? 우리 망자들은 그나마 판결이라도 받았다. 그나마 삶을 즐겨봤다. 그렇지만 저들은? 저들은 빠져나올 구멍도 없이 자신들에게 강요된 운명을 거부하고 정당하게 반역을 일으킬 수는 없었을까? 저 집행인들에게도 연민의 정을 가져야 하지 않을까?

나는 자리에서 다시 몸을 일으켜 구척장신 직원에

게 귓속말을 몇 마디 했다.

“우리 같이 죽읍시다.”

이보다 더 공정하고 숭고한 협정이 있을까? 고대 로마의 병사들처럼 적들의 손에 죽기보다 자신의 검으로 서로를 찌르고, 우정의 마지막 증거로서 서로의 피가 섞이는 것이다.

구척장신의 직원은 아무런 반응을 하지 않았다. 그저 장갑을 벗고 장비를 정리하기 시작했다.

“저 사람 뭐라는 거야?” 팀장으로 보이는 다른 직원이 그에게 물었다.

“별말 아니었어요. 그런 충격을 받았으니 그럴 만도 하죠. 저 환자는 제가 출발동까지 다시 데려다주겠습니다.”

“저희가 18시 40분에 출발하는 마드리드행 티켓을 끊어놨어요. 괜찮으시죠, 선생님?” 그가 나를 향해 돌아서며 말을 이어갔다.

“네.” 나는 순순히 대답했다. 면세점에서 캐리어 하나를 사면 시간이 딱 맞을 듯했다.

팀장은 한시름 놓은 것 같았다. 그러더니 구척장신의 직원은 기록부를 챙겨 나를 붙잡고 푸르스름한 조명이 은은하게 비치는 기다란 복도로 나를 데리고 갔다. 나는 그를 꼭 붙잡았다. 그의 입장에서 나는 비록 죄수였지만, 형식적이나마 인간적인 따뜻함을 느낄 수 있는 이 순간에 나를 내맡기고 싶은 마음을 억누를 수 없었다. 복도 끝에 반회전문이 보였고 그 문은 나를 환승의 파도에 밀어 넣을 것이다.

"우리 같이 죽어요." 나는 고집을 부렸다. "제발, 부탁할게요."

"조용히 하십시오."

놀랍게도, 찰나의 순간 그는 생각에 잠긴 듯한 눈빛을 하고 있었다.

"서두릅시다. 내가 쓰러질게요. 그럼 그쪽이 나를 다시 치료실로 데려가요. 그러고 나서 어떻게 하면 되는지 말해줄게요."

"그건 안 됩니다." 그가 나지막이 말했다. "선생님이 여기서 얼마를 쓰셨는지 아세요?"

나는 망연자실했다. 돈은 더 이상 걱정거리가 아니어서 나는 한 번도 지출한 돈을 계산해본 적이 없었다. 그는 내 기록부를 슬쩍 펼치더니 수십억에 달하는 천문학적 금액을 내게 보여주었다.

"아시다시피 이건 신용 대출이에요. 선생님이 쓰신 금액을 상환하지 않는 한, 저희는 선생님을 보내드릴 수 없습니다."

"상환을 하라고요? 하지만 여기서는 돈을 벌 수 없잖아요!"

"그건 제 알 바가 아닙니다."

나는 몸싸움을 할 태세를 취했다. 그는 나를 더 꽉 붙잡았다. 남자 간호사 두 명이 우리 곁으로 다가왔고 우리의 친밀한 관계는 그렇게 끝이 났다.

"자, 일을 크게 만들지 마세요." 그가 한층 프로페셔널한 태도로 내게 말했다. "저희가 선생님 사정을 봐드리고 있지 않나요? 저희보다 너그러운 채권자는 찾기 힘드실 겁니다."

"나는 목을 맬 거야, 아니면 투신을 하든지, 분신을 하든지, 비닐봉지를 뒤집어쓰고 질식을 하든지, 벽에 머리를 처박든지……."

"쯧쯧, 자해를 하려고 하시는군요. 그래봤자 빚만 더 늘어날 텐데요."

나는 문 쪽으로 가까이 다가가고 있었다. 그리고 나는 죽음에 대한 가장 끔찍하고 가장 은밀한 비밀을 깨달았다. 그것은 바로 끝나지 않는 빚이었다. '엄정한 경제학자'로서 나는 채권이 지워질 수도 없고 지워져서도 안 된다는 것을 잘 알고 있었다. 나는 난데없이 비명을 내질렀다. 안간힘을 쓰며 소리를 질렀지만, 내 입에서는 아무 소리도 나오지 않는 듯, 내 안이 너무나 텅 비어 있어 이제 어떤 입자도, 어떤 숨도 내뱉을 수 없는 듯, 내 귀에는 아무런 소리도 들리지 않았다. 나는 다시 호흡을 가다듬은 다음, 세상에 자신의 존재를 알리기 위해 필사적으로 첫 숨을 내쉬려는 신생아처럼 더욱더 몸부림을 쳤다. 하지만 비명을 지르려고 하면 할수록 고요의 층위는 더더욱 두터워져 나의 절망을 빨아들였고 내게 남아 있는 인간으로서의 마지막 흔적을 지워버렸다. 강렬한 푸른색 네온 불빛은 내가 거의 앞을 볼 수 없게 만들며 백기 투항 하기를 종용했다. 구척장신의 직원은 문을 발로 걷어차 문을 열었다.

정신을 차리고 보니 나는 30퍼센트 세일 광고를 써 붙인 송아지 가죽 벨트 가게 앞에 서 있었다. 탑승까지는 네 시간, 게이트까지는 한 시간 30분, 보안 검색은 두 시간이 채 걸리지 않을 것이라는 정보가 내 머릿속에 전달되었다. 그러니까 내게는 새 옷을 사는 데 쓸 30분 남짓한 시간이 남아 있는 셈이었다. 맞은편으로 건너가려는 순간 수많은 사람이 진로를 방해했다. 여행객들의 침울한 물결 속, 잠시 빈 공간이 생긴 틈을 타 나는 상점으로 뛰어들어갔고 비행기 티켓을 끊었으며 대기 줄에 서서 탑승권을 준비했다. 나는 내게 배정된 자리에 앉아 초조해했다. 나는 이 벨트가 필요했고, 이미 시간은 일분일초 째깍째깍 흘러가고 있었다.

8장

그곳에는 울음이 스스로 울음을 용납하지
않았으니 눈 위에서 가로막힌 고통이
안으로 향해 더욱 큰 고통을 만들었네
《신곡》 제33곡

무척 놀랍게도 양 떼들을 풀어주기 위해 노파를 설득하는 일은 크게 어렵지 않았다. 동물에게도 동물권이 있다고 무심하게 알려주었던 루이의 도움이 없었다면 나는 이 이야기를 꺼낼 엄두도 내지 못했을 것이다. 그러나 노파에게 동물권에 대해서는 언급할 필요조차 없었다. '사실 그건 이제 별로 중요하지 않아.' 노파가 내 손 위에 자기의 손을 포개며 말했다. 우리에게는 우유를 얻을 수 있는 암양 몇 마리가 있었고 고기는 거의 소비하지 않고 있었기 때문이다. 노파는 어깨에 걸친 숄을 묶고는 입구에 놓인 지팡이를 짚고 황야로 나아갔다. 겨울이 가까워지자 바람은 누렇게 된 풀 위에 붓질을 하며 덧없이 사라질 구릿빛이 감도는 형상을 그려냈다. 수평선에서 파도가 세차게 너울거렸다. 갈매기들은 돌풍이 휘몰아치는 가운데 끼루룩 비상경보를 울리며 공중에서 빙빙 돌고 있었다. 절벽 뒷자락에 숨어 있던 바다표범들은 꼬리 지느러미 같은 뒷발을 더 이상 움직이지 않더니 바위 뒤로 사라져버렸다. 피오르는 폭풍우의 습격을 받을 각오를 하고 있었다. 회색의 어렴풋한 형체가 우리 몇 미터 앞에서 재빠르게 달려갔다. 들고양이 같았다. 지각생은 늘 있게 마련이다.

그런데 노파가 울타리를 열어주었는데도 양들은 발끝 하나 움직이지 않았다. 양들은 심지어 건초 더미 근처 한구석에 몸을 낮추고 서로 바싹 붙어 있었다. 지금은 자유를 누리기에 적당한 때가 아니라고 생각하는 모양이었다.

"아직 때가 안 됐구먼." 노파가 혼잣말로 웅얼댔다. 노파는 무기력한 양들에게 성화를 내며 지팡이로 양들을 내몰았다. 그렇지만 양들은 그저 울타리를 따라 느릿느릿 걷더니 출발했던 지점으로 다시 돌아왔다. 서로의 엉덩이에 머리를 댄 양들은 얼핏 두터운 털 뭉치처럼 보였고, 그 모습은 마치 커피 잔 가장자리에 부풀어 올라온 거품 같았다. 열려 있는 울타리를 지날 때 양들의 걸음은 더욱 빨라졌다. 양들에게 감옥이었던 울타리는 어느새 피난처가 되어버렸던 것이다. 울타리 밖에서는 가장 맛있는 풀을 차지하기 위해 서로 싸워야 할 뿐 아니라 포식자로부터 자신을 지켜야 할 테니 말이다. 울타리 안에서만 맴도는 양들과 몇 번의 실랑이를 벌인 끝에 기진맥진해진 노파는 그만 손을 놔버렸다.

"울타리를 없애면 될 거야."

나는 내가 하겠다고 자진해 나섰다.

"이건 효용이론에 고하는 나의 작별 인사야." 나는 혼잣말로 중얼거렸다.

"나중에, 바람이 그치면." 노파가 내게 대답했다.

노파는 다시 내가 있는 쪽으로 왔고 잠시 생각에 빠졌다. 암양 두 마리가 전에는 막혀 있던 울타리 부근에서 사람들이 자기들에게 거짓말을 한 것은 아닌지 확인하려는 듯 코를 킁킁대더니 과감하게 출구 쪽으로 뛰어들었다. 그러더니 다시 양 떼들이 모여 있는 곳으로 돌아왔다.

"양들은 금방 적응할 거예요."

노파가 고개를 끄덕거렸다.

"이제 건초를 만들어둘 필요가 없겠어. 할 만큼 했지 뭐. 꼴 베는 일은 나도 이제 나이가 들어서 힘들어."

바람이 휘몰아쳐 노파가 두른 숄이 목덜미에서 펄럭거렸다. 군데군데 희끗한 머리칼이 바람에 소용돌이치자 신생아의 머리통 같은 애처롭고 매끈한 분홍빛 머리통이 훤하게 드러났다. 노파는 머리에 쪽을 지으려는 듯 머리칼을 뒤쪽으로 쓸어 넘기려다 뜻밖에 여성스러운 몸짓을 했다. 물론 나를 의식해서 한 행동은 아니었다. 노파는 이 장엄한 야성의 공간에서 늘 도회적인 세련미를 유지하려고 했다. 그래서 노파는 더없이 신중하게 마스카라를 칠했고, 아무도 그리워하지 않았으나 노파가 기어이 기억을 되살려낸 사라진 세상의 푸르스름한 빛깔로 매일 아침 눈 화장을 했다. 우리는 단 한 번도 우리의 과거에 대해 이야기해본 적이 없었다. 그 덕분에 나는 젊디젊었던 한 시절에 그녀가 프랑스 캉캉 선율에 맞춰 어떻게 대도시 카바레의 분위기를 띄웠을지 마음대로 상상해볼 수 있었다. 노파는 서둘러 숄을 추슬렀다.

"그나저나, 아침에 우유 한 잔을 마시는 게 참 좋거

든." 곰곰이 생각을 하던 노파가 말했다.

"그럼요."

"어쨌든 양들이 너무 멀리까지 가도 우리가 따라가면 돼. 황야에는 여기저기에 폐가들이 있으니까. 청소를 좀 하면 거기서 살 수 있겠지."

노파는 양 떼들을 뒤로하고 빙벽 등반가가 얼음 위에 피켈을 찍듯 지팡이로 땅을 찍으면서 집 쪽으로 천천히 올라가기 시작했다. 나는 노파가 원치 않는다는 걸 알고 있었기에 부축을 해주지는 않았다. 나는 아무 말 없이 노파 옆으로 갔다. 완전한 부동 상태에 이르면 더 이상 이동하는 것이 두렵지 않다. 우리는 바람이나 양들을 따라간다. 우리는 움직이지 않지만 어떤 것에도 얽매여 있지 않다. 그렇게 우리는 몇천 년 동안 이어진 정주 생활을 후회 없이 마감했다. 인류의 역사에서 비참했던 한 시기를 지배했던 그 정착 생활을.

느긋한 유목 생활은 늘 안달복달했던 공항에서의 방랑 생활과는 완전히 달랐다. 이 이야기도 이제 끝을 향해 가고 있다. 나는 이 이야기가 산 자들에게 가닿아 그들이 자신들의 세상을 지옥으로 만들지 않기만을 그저 소망할 뿐이다.

⚜

그런데 문제가 생겼다. 자살 시도 이후 전투를 포기해버린 나의 의식이 인식의 실마리를 따라가는 것을 포기하기라도 했는지, 흐트러진 기억들을 도저히 짜 맞출 수가 없었다. 나는 움직이는 형상, 유달리 복잡한 번호, 희미한 소음은 무척 잘 지각할 수 있었지만 나의 느낌은 물론이거니와 내가 했던 여정은 다시 생각해낼 수가 없었다. 나는 희망을 완전히 잃어버린 채 살아갈 수 있는 유일한 방법, 가벼운 정신착란 상태에 빠져 있었다. 내 불안은 더 이상 표현할 수 없는 상태에 이르렀고 그때부터는 불안이 내 삶을 잠식했다. 과거에나 미래에나 어떤 예측도 소용없었기 때문에 나의 뇌는 정보를 한데 모으는 것을 중단해버렸고, 뇌가 받은 신호에 따라 그저 휘둘릴 뿐이었다. 바로 이것이 내 머리에 떠오른 그대로의 생각과 이미지의 몇몇 단편들이다. 그리고 나는 이 단편들이 나에 관한 것인지, 아니면 다른 이들에 관한 것인지 알 수 없다. 완전하고 일관된 삶을 사는 여러분들은 아무런 의미도 없는 이 단순한 문장들을 그저 나열할 수밖에 없었던 나를 너그럽게 이해해주시리라 믿는다. 내가 경험한 것을 왜곡하지 않고 쓸 수 있는 문장들은 이것뿐이다.

벨트, 모양은 같은데 색깔이 다르네? 샛노란색, 완벽해. 154837VF편. 앞으로 좀 가세요! 아, 괜찮아요, 점심을 벌써 먹었어요. 안전벨트는 이렇게 채우고 풀 수 있습니다. 빌코멘willkommen.• 고객님의 전체 구매 금액은 13억 5738만 2022원입니다. 연기 감지기를 훼손하면 최고형을 받을 수 있습니다. 아디오스. 루이 16세라니, 말도 안 돼! 펠라치오를 원하시면 7DF9jd!i와 더불어 XF?456hKY를 추천합니다. 둘 다 무척 친절하답니다. 최고의 버터 크루아상. 탑승권을 보여주십시오. 이 좌석이 예약되었습니다. '코넥타임' 시계와 함께라면 비행기를 놓치는 일은 없습니다. 안녕하세요, 안녕히 가세요. 최초의 자동 끈 조절 신발. 연어-피스타치오 아이스크림으로 할게요. 모리스 카렘, '그래서, 그는 그런 미소로/ 마음을 주었고/ 그리고 여기저기에서/ 그것을 서둘러 말했다네.' 남성용 미니스커트라, 보는 것으로 족하다. 우리 비행기는 현재 3만 3000피트 상공에서 비행하고 있

• '환영한다'는 의미의 독일어

습니다. 이 소재는 무척 질겨서 이틀 후에도 새 것처럼 보일 거예요. 생년월일, 주민등록번호, 사망년월일을 기입해주십시오. 37-9, 43 터미널 다트 대회 그랜드 파이널 압도적 승리. 이제부터 스테이크는 미리 썰어서 서빙해드립니다. 따라서 나이프는 제공되지 않습니다. 입을 벌리고 움직이지 마세요. 지금 몇 시지? 테오, 테오, 테오! 리마행 탑승이 AB67000 게이트에서 시작되었습니다. 캐비어는 이제 질렸어요. '해마다 비 오는 소리가 들리는 것 같네/시간의 흐름이 부드럽게 앗아가는 그 세월들이여.' 모든 상품 50퍼센트 세일. 럼주 세 병쯤이야, 아무것도 아니지, 하나도 어지럽지 않아. 난 절대로 취하지 않아. 수하물에는 반드시 라벨을 붙여야 합니다. 손안에 쏙 들어오는 카메라로 공항에서 최고의 추억을 남겨보세요. 그녀의 젖꼭지를 핥아요. 화장실을 처음 들어왔을 때처럼 깨끗하게 사용해주십시오. 그렇지만 어떻게 공리주의가 될 수 있겠나? 23 터미널과 998 터미널을 연결하는 공항 셔틀 비행편입니다. 여행의 목적이 무엇입니까?

신선한 플라스틱 튤립 한 다발. 우리의 마지막 희망, 테러리스트들을 위한 기도. 머리부터 집어넣어 입는 바지. 나는 이제 못해. 운명의 힘La forza del destino.• 화장실에서의 위대한 평화. 날 때려줘, 때려줘, 때려줘. F345, 16시 45분, 67454, h22!9FG, 12시 1분, A24. 네 머리칼에 키스할 거야. 이건 법적인 오류야! 대단하군요, 고객님은 14만 3000번째 게임을 시작하셨습니다. 대기 줄의 대기 줄의 대기 줄. 안녕하세요, 의사 선생님. 향기 없는 향수. 귀마개 때문에 질식하는 것. 나는 다시 채찍질을 좀 할 거야. 안전벨트에는 영혼이 있는가? 디저트, 치즈, 본요리, 전채요리, 아뮤즈 부셰, 전채요리, 본요리, 치즈, 디저트, 치즈…… 'Don't touch me.' 화장실 관리인을 위한 팁? 삶의 한계값은 무한히 0에 수렴한다. 로비 끝에 로비. 공항이 날 수 있다면? 아, 아니에요. 나는 노래 안 해요. 이 섹스 후에 또 누가 있나요? 나를 그냥 타락하게 내버려둬. 나의 아내, 나의 파시스트. 강연회, 강연하기, 사유하기, 사악한, 지옥. 토핑으로 올리브, 치즈, 달걀, 시금치, 초콜릿, 건초, 썩은 새우, 가문비나무 껍질, 부싯돌의 섬광, 교황의 연기, 스핑크스의 격노, 땅의 정령 놈(Gnome)의 기름, 맞나요? 그룹B7m, 클래스R56, 혜택3.

• La forza del destino는 주세페 베르디가 작곡한 4막의 오페라다.

직원의 붉은색 유니폼이 장밋빛으로 변했다. 공항 서측 날개 부분 옆, 28 날개 부분 남측 아래에 별관 개관. 눈을 감는 것, 눈을 혹사시키는 것. *Help*. 예술가의 도구 정리대. 나는 붕대를 감는다, 붕대를 푼다, 붕대를 감는다, 붕대를 푼다. 기내의 압력이 감소할 때는 웃으십시오. 그러면 살 수 있습니다! '그는 오솔길을 지나듯이/ 사과나무 안에서 살았다네/ 그리고 곤경에 빠져 욕지거리를 퍼부었네.' 여행의 목적이 무엇입니까?

흰색, 고요. 변기통에 머리를 처박고. 해진 바지. 회전목마, 한 번 더, 백만 번 더, 십억 번 더, 십조 십억 번 더. 흰색, 고요. 변기통에 머리를 처박고. 허벅지, 가랜드, 주머니에서 소지품을 꺼내주세요. 균형 가격. 흰색, 고요. 변기통에 머리를 처박고. 부에노스 아이레스, 시카고, 스바코프문트, 이르쿠츠크, 자카르타, 함부르크, 마닐라, 시드니, 교토, 에든버러, 쿠스코, 선전, 안티과, 로메, 오슬로, 키갈리, 밴쿠버, 보르도, 파로, 카사블랑카, 메디나, 캘커타, 바르둔, 필리오포르, 크레트정, 칼리브리, 마도르, 피우, 페루장, 드로튀, 세르티, 오포, 구트, 토드, 아그, 에, 지, 제드, 제드, 제드, 제드, 제드, 제드. 흰색, 고요. 변기통에 머리를 처박고. 로비, 컬러, 금으로 된 엉덩이. 제세동기, 소화기, 알람. 여행의 목적이 무엇입니까?

이렇게 몇 년이 흘러갔는지 모르겠다. 용암처럼 분출되는 이 어렴풋한 기억들 중에서 내가 짐작할 수 있는 것은 고작 그곳에서는 화장실이 중요한 장소였다는 것뿐이다. 광고 스크린이 화장실 칸칸을 침범한 지 오래였고 보석을 휘감은 톱모델이나 핏물이 줄줄 흐르는 햄버거를 보지 않고는 소변을 볼 수 없게 되었어도, 변기 주변에는 흰색 타일이 몇 개 남아 있어 그곳을 보며 몇 분간은 눈이 쉴 수 있었다. 거의 쉬지 않고 쏟아지는 변기물은 고요를 대신해 밀려오는 단조로운 파도 소리처럼 규칙적이고 꾸준하게 졸졸 흐르는 소리를 내면서 배경음악을 지워버렸다. 나는 로비에서 풍기는 머스크 향보다 훨씬 더 따스하고 노골적인, 사람의 몸에서 나오는 똥 냄새를 실컷 들이마시곤 했다. 화장실은 지옥의 허점이었다. 화장실은 짤막한 휴식을 취할 수 있는 곳으로, 우리는 거기서 그동안 느낄 수 없던 자신을 되찾은 것 같은 기분을 느낄 수 있었다.

반란의 움직임이 싹튼 곳도 바로 화장실이었다. 소

변기에 서 있는 사람들끼리 비행편과 점심시간에 대해 대화를 나누곤 했다. 그렇게 몇몇 사람들은 며칠, 길게는 몇 주 동안 함께 여행을 하면서 결국 공항의 벽을 뛰어넘을 수 있는 방법을 모의하곤 했다. 그러나 붉은색 유니폼의 직원들은 중앙 운항 스케줄 배치 시스템을 즉시 보완해 승객들이 같은 비행기에서 절대로 두 번 이상 연속으로 만나지 못하게 했고 그 바람에 이런 시도는 수포로 돌아갔다. 그러나 이따금 세면대 주변에서는 은밀한 연대가 이루어지곤 했다. 우리는 언뜻 듣기에 평범해 보이지만 밖에서는 할 수 없는 이야기를 나눴다. 이를테면 '터미널이 하나 더 생겼어'라든가 '열 시간 비행이 다시 재개됐다는데' 같은 이야기였다. 우리는 이런 연민의 순간들을 너무나도 소중하게 여겼다. 그것이 우리의 끝나지 않는 방랑 생활의 유일한 위로였다.

어느 날 저녁, 그러니까 마지막 날 저녁, 나는 딱히 급하지는 않았지만 상트페테르부르크행 탑승을 기다리는 긴 대기 줄에 서기 전에 미리 대비할 요량으로 화장실로 뛰어갔다. 탑승 전까지 세 시간밖에 남지 않았고 이동 스케줄은 빡빡했다. 그런데 남자 화장실은 거대한 청소 카트로 가로막혀 있었고 그 뒤에는 못지않게 거대한 붉은색 유니폼의 청소부가 서 있었다.

"못 들어가나요?" 내가 물었다.

청소 카트에 느긋하게 팔꿈치를 기대고 있던 그녀는 묵묵부답이다가 잔뜩 쌓인 청소용품 위로 얼굴을 빼꼼히 내밀었다.

"정말로 오래 안 걸려요." 나는 간곡히 부탁했다.

"지금은 안 돼요. 10분 후에 다시 오세요."

그녀가 어깨를 으쓱하자 카트의 뼈대가 흔들리면서 여기저기서 삐걱삐걱 소리가 들려왔다. 그녀가 천천히 뒤로 돌기 시작했다. 내 앞에서 쓰레기통이 건들댔다.

"이것 봐!" 나는 짜증이 치밀어 소리를 쳤다. "제일 급할 때 꼭 이런다니까."

예상치 못한 상황에 짜증이 났지만 다음 화장실이 100미터 이내에 있을 거라 생각하며 나는 되돌아가려 했다. 그때 그녀가 갑작스레 하던 일을 멈췄다.

"그런데 우리 만난 적 있어요." 그녀가 담담하게 말했다.

나는 그녀의 얼굴을 알아보려 애썼다. 그 여인과 청소 카트는 한 몸인양 둘 다 똑같이 초라하고 낡아서 불행한 켄타우로스처럼 보였다. 그녀의 배지에는 무척 단순한 코드명이 적혀 있었다. BEATRX666. 그녀는 청소 세제 라벨만큼이나 강렬한 색깔로 진한 화장을 하고 있었다. 머리는 반백이었고 군데군데 오렌지색 염색이 되어 있었다. 주름과 늘어진 살이 겹치고 뒤섞인 그녀의 얼굴은 물기를 꽉 쥐어짜내 축 늘어진 대걸레 같았다. 이 상황을 더욱 드라마틱하게 만들어주려는 듯, 스피커에서 오래된 이탈리아 사랑 노래가 지글거리는 소리를 내며 흘러나왔다. In questa notte fantastica / Che tutto sembra possibile / Mentre nel cielo si arrampica / Un desiderio invincibile che lascia una scia……(이 환상적인 밤에/ 모든 것이 가능할 것 같네/ 하늘을 향해 올라가는 동안/ 숨길 수 없는 욕망은 자취를 남기네……).

"그러니까, 다시 돌아오신 거군요." 그녀가 말을 이어갔다.

나는 주위를 둘러봤다. 벽들이 이상하리만치 낡아 보였고 조명도 너무 희미했다. 나는 이보다 더 호화로운 공항에 익숙해져 있었다.

"들어가세요." 그녀가 뒤로 물러서며 내게 말했다.

이제 죽어도 여한이 없었다. 내가 카트 뒤로 지나가자 그녀가 재빨리 카트를 열린 문 쪽으로 가져와 입구를 완전히 막아버렸다. 힘을 쓰느라 진을 뺀 그녀가 숨을 몰아쉬었다.

"일 보세요. 저는 신경 쓰지 말고요. 다른 일을 하고 있을게요."

나는 소변기에 다가가 버튼이 망가진 바지의 지퍼를 열었다. 벌써 새 옷으로 갈아입을 때가 되었다니.

"그나저나, 카사네에 도착했을 때, 그때 기억이 안 나세요? 여기 온 지 얼마 안 됐을 때였어요. 그 이후로 여행을 많이 한 모양이네요."

나는 방광을 수축시켰다. 딱히 소변이 나오지 않았지만 검색대를 통과하기 전에 무슨 일이 있어도 방광을 비워야 했다. 카사네…… 카사네…… 물론 거기에 간 적은 있었다. 다른 곳과 마찬가지로 시시때때로 갔었다. 그러나 새로 문을 연 마롱글라세• 가게 외에 딱히 아무것도 기억이 나지 않았다.

"맨 처음에요." 내가 질문할 걸 예상이라도 한 듯 그녀가 정확히 짚어주었다.

맨 처음에? 맨 처음에…… 아득히 멀리 있는 느낌

• 밤을 설탕 시럽에 졸인 프랑스식 과자

이 그 이후 십조, 십억 개의 정보들을 수신하느라 소진된 내 뉴런에 전달됐다. 맞아, 맨 처음에! 나는 나도 모르게 그녀를 향해 몸을 돌렸고 그 때문에 온 주변에 소변이 흩뿌려졌다.

"괜찮아요." 그녀가 미소 지었다. "옷 입으세요. 제가 닦을게요."

계속 음악이 흘러나오고 있었다. In questa notte fantastica / In questo inizio del mondo / I nostri sguardi si cercano / Con ali fatte di musica……(이 환상적인 밤에/ 하늘과 땅이 생겨난 맨 처음에/ 우리는 서로의 눈길을 찾다가/ 음악으로 만든 날개를 달고……).

"카사네, 그 사람을 여기서 찾았다니!" 나는 말을 이어갔다.

"선생님은 여전하시네요."

"그쪽은 그때 접이식 의자에 앉아 있었는데."

"그 의자는 말도 마세요. 그 의자가 제 모든 불행의 씨앗이거든요."

"무슨 일이 있었나요?"

"그 의자는 결국 부서졌어요. 그토록 오랜 세월을 사용했는데도, 그 의자는 왜 하필 바로 그 순간에 부서진 걸까 곰곰이 생각해봤어요. 왜 그랬을까요? 왜 다른 때가 아닌 바로 그때였을까요? 도무지 이해가 안 돼요."

나는 더 이상 여기 있을 수 없었다. 내 머릿속에서 이미 첫 번째 보안 검색을 알리는 알람이 계속 울리고 있었다.

"간단하게 말할게요." 내가 초조해하는 것을 눈치챈 그녀가 말했다. "저는 관리부에 새 의자를 신청하러 갔어요. 하지만 그렇게 간단치가 않았어요. 모든 상황을 설명해야 했죠. 관리부 동료들이 저를 알아봤어요. 그들은 폐쇄된 화장실에서 제가 무엇을 하고 있는지 의아해했어요. 그 일은 윗선까지 보고됐죠. 업무가 없는 직원은 비정상적인 데다 위험하다고 간주됐죠. 그들은 지금껏 내가 어떻게 자신들의 눈을 피해갈 수 있었는지 의아해하더군요."

"그래, 어떻게 한 거예요? 재밌네요."

"나는 여기 나이 든 사람들 중에서도 가장 늙었어요. 내 코드명을 봐요. 어떤 조합도 가능하던 때 만든 거죠. 그때는 웬만하면 원하는 조합으로 코드명을 만들 수 있었죠."

"BEATRX666……." 나는 코드명을 읽어봤다. "그러네요, 꽤 오래된 코드명이네요."

"그냥 BEATRX라고 불러요. 그게 좋을 거 같아요." 그녀가 애교스럽게 말했다.

"그래요, BEATRX. 처음에는 어땠나요?"

"처음에요! 그때는 사람들이 많지 않았어요. 살인자, 위선자, 배신자, 식탐꾼 몇 명 정도였죠. 뭐 가벼운 죄였어요. 예전에 그런 죄인들은 불벼락을 맞거나 똥 강물에 빠지거나 납옷을 입는 등 구식 형벌을 받았어요. 그때가 좋았죠. 그때는 죄인들에게 말을 걸고 실컷 면박을 주기도 하고 사적인 관계를 맺기도 했죠. 그렇게 우리는 이곳만의 소소한 전통을 고수해왔어요. 전 세계에서 온 망자들이 감탄을 했어요. 때로 산 자들까지도! 제 친구 중 하나인 VIRGIL01•이 이곳의 전통을 바깥에 알리는 데 한몫했거든요."

"VIRGIL01이요?"

"그건 중요치 않아요, 다 지난 일인걸요." 그녀가 한숨을 내쉬었다. "오늘은 누가 공항에 올까요? 사람들이 너무 많아지면서 새로운 방식을 강구해야 했어요. 더 이

• 고대 로마의 시인으로 단테의《신곡》에서 지옥에서 연옥, 천국의 문 앞까지 단테를 인도하는 역할로 등장한 베리길리우스의 영어식 이름이 Virgil이다.

상 여기 직원들이 망자들을 일대일로 관리할 수 없게 됐죠. 한계에 다다랐던 거예요. 그래서 윗선에서 기발한 방법을 고안했죠. 우리의 업무를 망자들에게 위임시키는 거였어요! 그래서 망자들이 스스로 자신에게 형벌을 가할 수 있도록 온갖 수단을 제공한 거죠. 그리고 우리는 더 이상 감시할 필요가 없게 된 거예요."

"기발한 방법이라, 오버하지 말죠." 나는 슬그머니 짜증이 올라와 넌지시 속내를 드러냈다.

"제가 살아 있을 때, 그 방법은 이승에서 아주 큰 호응을 얻었어요. 더구나 저는 '소비자 중심 경제'에 관한 꽤 괜찮은 논문을 여러 편 발표했고요……."

"그래요? 어쨌든 이곳의 일상이 단조롭고 재미없어진 건 사실이죠. 저는 똥 강물을 담당하고 있었기 때문에…… 아, 모르시나본데 그건 아주 세련된 형벌이었어요." 그녀는 비할 데 없는 죄인, 간신배에게서나 볼 수 있는 나의 냉소적인 표정을 보더니 다급하게 해명했다. "존경하는 교수님은 그런 부류에 속하지 않으시잖아요."

"화나게 할 의도는 없었어요, BEATRX. 정말이에요."

나는 이 이야기의 결말을 듣기 위해 등급이 최악으로 강등되는 것마저 감수하기로 했다.

"그런데 어느 날 제 보직이 화장실 관리인으로 바뀌었어요. 하지만 저는 배경 음악을 선곡하고 소변기를 윤이 나게 닦는 데 만족할 수 없었어요. 지나치게 열심이었죠. 저는 하수구가 역류되지는 않았나, 휴지 때문에 변기가 막히지는 않았나, 소변기에 누수가 생기지는 않았나 늘 신경 썼어요. 그럼 예전 좋았던 시절이 떠올랐거든요! 그렇지만 안타깝게도 자신들의 프로세스와 타임 시트를 중요하게 여기는 야심 찬 젊은 매니저들은 그런 나를 탐탁지 않아 했어요. 내 생각에 그런 온갖 규정들이 일을 더 어렵게 만들었는데도 말이죠. 그들은 몇 번이나 나를 설득하려 했지만 소용없게 되자 결국 이 접이식 의자로 저를 내쫓았어요. 내가 뭘 그렇게 큰 걸 바랐다고! 거기 있을 때가 참 좋았는데."

"그래서 지금은요?"

"아, 보시다시피, 현실에 굴복했죠." 그녀는 애처로이 대답했다. "그들은 배관 몇 개를 고치고 '화장실' 표지판을 교체했어요. 게다가 화장실 관리인은 더 이상 필요 없었기 때문에 청소부가 될 수밖에 없었어요. 오물

처리에 익숙한 사람에게는 더할 나위 없는 보직이죠! 이제 저의 유일한 즐거움은 대장에 약간의 멜랑콜리를 선사하기 위해 흘러간 옛 노래를 선곡하는 것뿐이에요. 그리고 사실 윗선에 제안할 만한 다른 대안이 없었던 것도 사실이고요. 보시다시피, 마사지숍에서도 이제 크게 쓸모가 없으니……." 그녀는 자신을 객관적으로 파악하고 있었다.

"아니, 그렇지 않아요. BEATRX. 저마다 취향은 다 다른 법이잖아요……."

"그렇지 않아요. 이제 그들은 모두가 똑같기를 바라요. 이제 아무런 호기심이 없죠."

Ti porto via con me / Ti porto via con me / Oooh / Ti porto via con me/ Ribalteremo il mondo……(나는 당신을 데려갈 거야/ 나는 당신을 데려갈 거야/ 우우/ 나는 당신을 데려갈 거야/ 우리는 세상을 어지럽힐 거야.)

그녀에게 조금 측은한 마음이 들었다. 나는 그녀의 손을 잡았다. 제멋대로 뾰족하게 튀어나온 반지 테두리에 내 손가락이 긁혔다.

"이야기 나눌 수 있어서 너무 좋았어요. 이제 비행기를 타러 가야 해서……."

"그래요." 그녀는 염색된 머리칼을 뽐내듯 정리하면서 내게 말했다.

우리는 잠시 어쩔 줄 모르고 그대로 있었다. 음악이 멈췄다.

"카트를……." 나는 머뭇거리며 말했다.

"어머 내 정신 좀 봐! 미안해요."

노파는 조금씩 천천히 카트를 끌어당겼다. 카트가 움직일 때마다 고요한 가운데 카트가 삐걱거려 우리의 어색함을 배가시켰다. 바구니 안에 있는 탈취제가 덜렁거렸다. 마침내 길이 났고 나는 BEATRX에게 인사를 건네며 출구 쪽으로 슬그머니 빠져나갔다.

"그런데 선생님은……." 그녀가 목소리를 높여 말했다.

나는 뒤를 돌아봤다.

"선생님은 교수님이면서 왜 이런 데 오신 거죠? 나쁜 사람처럼 보이지 않는데. 아까 화장실에서 타일에 소변을 봤을 때조차……."

우리는 서로 미소를 지었다.

"날 여기로 보낸 건, 실수예요. 엄청난 실수……." 나는 애처롭고 담담한 목소리로 입을 뗐다.

"그런 말 마세요, 교수님! 이곳의 관리부는 어리석지만 무능하진 않아요. 고객들에게 실수하는 법이 없다고요. 절대로."

이번에는 내가 카트에 기댔다. 로비에서 급행 셔틀 트레인까지 뛰어가야 하겠지만 몇 분 더 이야기를 나누고 싶었다.

"그게, 제가 곰곰이 생각해봤는데……."

화장실 배관에서 꿀렁거리는 소리만이 들려왔다. BEATRX는 내 말이 터무니없다는 듯 비웃었다. 스케줄과 가야 할 길과 이런저런 유혹만으로도 머리가 터질 지경인데 깊이 생각한다는 것이 가당키나 하단 말인가? 그럼에도 나는 막연하게나마 어느 정도 설득력 있는 추측을 해볼 수 있었다. 그때가 아니면 다시는 그에 대해 말하지 못할 것 같았다.

"저는 살아 있는 동안 잘못한 게 아무것도 없어요." 나는 계속 말을 이어갔다. "정말로 아무것도."

"아주 다루기 어려운 케이스네요." 그녀가 심각하게 말했다.

BEATRX는 대걸레를 카트에 대충 정리했다. 희끄무레한 대걸레 술들이 그녀의 앞으로 삐져나와 그녀의 얼굴을 반쯤 가렸다.

"사실, 전 마지못해 살았어요. 제 말을 이해하실지."

"이해하고 말고요. 바로 그게 잘못이죠."

"그럴지도 몰라요. 영원이라는 시간 속에서 그 수십 년을 생각할 때, 헛되이 낭비한 시간을 전부 되돌아보면……."

"그게 단초가 될 수는 있지만 충분히 설명이 되지는 않아요."

"어째서요?"

"최악의 경우라 해도, 자위행위를 한 자들은 연옥으로 보내져요. 하지만 선생님이 이곳으로 보내졌다면, 뭔가 해로운 일을 했을 거예요."

노파는 대걸레 뒤쪽으로 물러났다. 펼쳐진 대걸레 사이로 나를 뚫어지게 바라보는 화장한 그녀의 한쪽 눈만이 보였다.

"해로운 일이라니, 잘 모르겠어요. 다시 할 수만 있다면 좀 다르게 해볼 수 있을 텐데."

"어떻게요?"

"제가 주장했던 모든 이론들이며 제가 발표했던 논문들, 제가 구상했던 추론들은……."

"타당하지 않았나요?"

"행여 그랬다고 해도 나를 벌할 수는 없어요!"

"물론 그럴 수 없죠. 그 실수가 아무런 영향력이 없었다면."

"어떤 영향력이요?"

"그러니까 그 이론들을…… 어떤 사악한 악마가 마음먹고 그 이론들을 활용했다고 생각해봐요. 그러면 어떤 세상이 될까요?"

"말하기 어렵군요."

"그러니까, 선생님이 살고 싶은 세상일까요?"

"그건 문제가 아니에요. 정확히 말하면 시장의 선택과 취향을 강요하는 게 아니라 소비자의 선택과 취향을 중시하는 것이 시장 원리의 핵심이죠."

"그래서, 그 세상은 선생님이 영원히 살 수 있을 만한 세상인가요?" 노파는 당황하지 않고 되물었다.

"영원히, 그건 아닌 것 같아요. 하지만 영원은 누구에게든, 어디에서든 바람직하지 않아요."

"왜 영원히 살고 싶지도 않은 세상을 만들려고 했나요?"

나는 카트에 기댔다. 내 손은 축축하고 푹신한 어떤

물체에 빠졌고 그것은 낡은 스펀지 수세미인 듯했다. 오래전부터 외면하려고 애썼던 끔찍한 결론을 감히 대놓고 표현할 수 없어 속으로만 삭이고 있던 나는 그대로 굳었다.

"왜냐면 제 경우에는, 제 오두막이 있었기 때문에……."

"오두막이요?"

"늘 다른 세상으로 피신할 수 있었다는 말이에요."

"참 편리하네요, 안 그래요?"

"내가 만든 세계에 관해서라면……."

나는 숨을 깊숙이 들이마셨고 주눅이 들어 고개를 떨궜다.

"그 세계가 바로 선생님 앞에 있잖아요."

부정할 수 없었다. 극에 달한 효율성의 원칙은 모든 것을 완벽하게 기능적이고 완전하게 쓸모없는 거대한 공항으로 만들어버렸다. 죽음을 맞이한 이후, 내가 꿈꿔온 세상을 경험하고 있는 것이 아니겠는가?

"내가 지은 죄를 그대로 돌려받고 있군." 단 한 번도 종교를 중요하게 여기지 않았던 내가 혼잣말로 중얼거렸다.

그때 BEATRX가 카트를 돌려세웠다. 본의 아니게 범죄 아닌 범죄의 공범자가 된 우리는 어색하게 얼굴을 마주했다. 교수들과 학생들이 전 세대에 걸쳐 경제 정책 담당자들을 앞에 두고 백주 대낮에 저지른, 그 누구도 피해갈 수 없었던 사상 범죄. 자유로운 선택이라는 미명 하에 전 사회를 공범자로 삼아 새로운 욕망과 즉각적인 만족을 갈구했던 완전 범죄. 아직도 자신이 천국에 있다고 믿으며 끝없이 트램펄린에서 점프를 하고 있을 밀턴 프리드먼이 다시금 떠올랐다. BEATRX는 미끄럼 방지 플라스틱으로 된 카트 바퀴를 굴려 내게 다가왔다. 나는 털썩 주저앉았고 그녀는 커다란 두 팔로 나를 다독였다. 그녀에게서 싸구려 바닐라 향수로 좀처럼 가려지지 않는 톡 쏘는 냄새가 났다. 나는 죽고 나서 처음으로 주저앉아 목 놓아 울었다. 어린애처럼 끼이끼이 소리를 내며 눈물을 뚝뚝 흘렸다.

"미안해요. 나 여기서 나가고 싶어요. 죽고 싶어요."

"그래요……. 그 말 한마디면 다 됐어요. 그렇게 어려운 것도 아니었는데." 노파가 내 머리를 쓰다듬으며 나지막이 말했다.

"미안해요……." 나는 쉰 목소리로 한숨을 내쉬며

말했다.

"잘 들어요." 그녀가 뒤로 물러서며 비장하게 말했다. "다음 비행 때 수하물을 위탁하러 가세요."

"하지만 언젠가부터 캐리어를 들고 다니지 않아서."

"찾아보고 가능한 한 가장 큰 캐리어를 사서 수하물 자동 위탁 카운터로 가세요. 알겠어요?"

그녀가 내 어깨를 꽉 붙잡았다. 나는 자세를 바로잡고 고개를 끄덕였다.

"컨베이어 벨트에 캐리어를 올린 다음, 컨베이어 벨트가 움직이기 직전에 가방 안으로 들어가요."

"어떻게요?"

"어릴 때 그런 생각해본 적 없어요? 장막 건너편으로 가보고 싶다는 생각. 고래 뱃속에 들어간 요나처럼, 공항의 내부는 어떤 모습일까 보고 싶다는 생각 말이에요."

"아마 엄마가 못 하게 했을 거예요." 나는 그녀가 건넨 휴지로 눈물을 훔치며 객쩍은 농담을 했다.

"누구나 그렇죠. 하지만 결과는 아무도 몰라요. 모든 일이 그렇듯, 일단 해봐야 해요."

더 자세하게 물어보고 싶었지만 BEATRX는 나를 황급히 화장실 바깥으로 밀어냈다.

"뛰어요! 비행기를 놓치면 안 돼요."

비행에 관한 생각을 하기만 해도 귀가 찢어질 듯한 알람 소리가 울리며 머릿속에 안내 방송이 흘러나왔다.

"내 수세미 돌려줘요!" 그녀가 근엄하게 요구했다.

스펀지 수세미를 내내 꽉 쥐고 있던 바람에 손가락이 쪼글쪼글해졌다. 나는 그녀에게 수세미를 던졌다. 땅바닥에 떨어진 수세미를 줍기 위해 그녀가 투덜거리며 허리를 굽히자 정수리가 훤하게 빈 머리통이 드러났다. 그것이 그녀에 대한 나의 마지막 기억이었다.

⚜

머릿속에서는 보안 검색대로 달려가라고 나를 다그치는 알람이 울려댔지만, 나는 고급 캐리어를 파는 가게로 들어갔다. 나는 가죽으로 된 거대한 수하물용 캐리어를 구입했고, 절대 팔리지 않을 거라 생각한 물건을 처리하게 된 판매원은 대단히 만족스러워했다. 그런 다음 나는 옷가게로 들어가 마구잡이로 옷걸이에 걸린 옷을 빼내 캐리어를 채웠다. 그리고 표지판을 보며 거기서 2킬로미터밖에 떨어져 있지 않은 수하물 자동 위탁 카운터로 갔다. 나는 여전히 무언가를 하러 어딘가에 간다고 생각하며 웃고 있는, 신참으로 보이는 사람들 틈에 슬그머니 끼어들었다. 나는 캐리어에 라벨을 붙이고 한 치의 망설임도 없이 캐리어를 열어 다리를 가방 안에 욱여넣고는 최대한 몸을 웅크렸다. 그리고 캐리어 덮개를 닫았다. 덮개가 완전히 닫히지 않았지만 상관없었다. 나는 곧 알람이 울리고 성난 붉은색 유니폼의 직원들이 나타나 나를 오랫동안 '심플리시티' 등급으로 강등시킬 것이라고 예상했다. 이 등급은 내가 단 한 번도 경험해보지는 못했지만 너무나 섬뜩한 소문으로 익히 알고 있던 '드리머' 클래스보다 훨씬 더 낮은 등급, 최하 중의 최하 등급이었다. 그런데 아무 일도 일어나지 않았다. 가방 안쪽에 머리를 박을 정도로 캐리어가 컨베이어 벨트에서 튕겨 올라갔고, 컨베이어 벨트가 움직이기 시작했다. 나는 미치도록 기뻤다. 내가 공항의 구멍을 찾아냈단 말인가?

캐리어는 사방으로 흔들렸다. 캐리어는 천천히 올라갔다가 현기증이 날 정도로 급하게 내려왔고 그 때문에 속이 울렁거렸다. 캐리어는 잠시 멈췄다가 직각으로 회전했고 롤러코스터처럼 가속을 받아 다시 출발했다. 캐리어는 여러 번 요동쳤고 나는 뗏목을 조종하듯 반대

쪽으로 온 체중을 실어야 했다. 기계에서 나오는 온갖 소름 끼치는 소리가 들려왔다. 도르래가 회전하며 삐걱거리는 소리, 금속 톱니바퀴가 맞물려 돌아가는 소리, 커넥팅 로드가 리드미컬하게 부딪히는 소리, 엔진이 끽끽거리는 소리까지, 금속판의 진동으로 울리는 모든 소리가 들려왔다. 나를 집어삼킬 듯한 거대한 공사 현장에 와 있는 것 같은 느낌이었다. 점점 더 한기가 들고 숨이 가빠왔다. 무릎은 가슴 쪽에 바짝 끌어당겨 굽히고 있었고 목은 가로로 비틀려 자세가 몹시 불편했다. 깜빡 잊고 주머니에서 빼놓지 않은 손톱깎이가 허벅지를 자꾸 찔러댔다. 내 머릿속에 이식된 뉴런의 마이크로 칩은 더 이상 메시지를 수신하지 못했다. 모든 통행로에서 멀리 떨어진 이 구역에서는 신호가 잡히지 않았다. 나는 갑자기 시스템으로부터 로그오프되었다.

그러나 간절히 원했던 이 고독은 나를 미친 듯한 공포로 몰아넣었다. 나는 생각하는 습관뿐만 아니라 고통을 견디는 방법까지 잊어버린 지 오래였다. 처음에 느꼈던 설렘은 새로운 지옥에 걸려들고 말았다는 엄청난 두려움으로 바뀌어 있었고, 그 때문에 안락한 대기실이 그리워졌다. BEATRX는 그저 내가 잘못된 선택을 하도록

부추겼던 것뿐이었을까?

잠시 후, 발각될지도 모른다는 두려움보다 기지개를 켜고 싶은 마음이 더 컸던 나는 단숨에 캐리어 덮개를 밀어서 열어버렸다. 이번에는 캐리어들이 컨베이어 벨트가 아닌 두 개의 레일 위에 있었고 중앙의 갈고리 한 쌍이 캐리어들을 집어 올리고 있었다. 그리고 나는 고개를 내밀었다. 커브 길을 돌다가 생각지 않게 아찔한 풍경을 만날 때처럼 나는 내 앞에 펼쳐진 광경에 어안이 벙벙해졌다.

끝이 보이지 않지만 꽉 막힌 듯한 공간에 레일들이 겹겹이 교차되어 설치되어 있었고, 그것은 마치 딴생각에 빠진 소년이 한 페이지 가득 그어놓은 검은 줄무늬처럼 보였다. 2미터 정도 떨어진 아래쪽 레일을 가만히 보니, 레일은 분로기에서 무작위로 빠르게 분기되었고 그 다음에는 그 아래에 숨겨져 있던 또 다른 레일이, 그 아래에 또 다른 레일이, 그리고 또 다른 레일이 나타났다. 밀푀유 페이스트리 같은 이 레일들은 절대 바닥에 닿을 것 같지 않았다. 위쪽을 올려다봐도 에셔•의 그림처럼 바

• 네덜란드의 판화가로 기하학적 원리와 수학적 개념을 토대로 2차원의 평면 위에 3차원 공간을 표현했다.

닥이 위로 가고 공간이 오르락내리락하지 않는 이상, 아래쪽과 마찬가지로 겹겹이 포개어진 레일들이 있지 않겠는가?

레일은 수직 철제 빔으로 제자리에 고정되어 있었지만 추락을 방지하는 안전 바는 찾아볼 수 없었다. 일생을 어지럼증에 시달렸고 현기증을 유발하는 다리를 건널 때마다 하이킹을 매번 포기했던 나였지만, 이번에는 희한하게도 조금도 두렵지 않았다. 이 공간이 우주처럼 무한히 확장되는 것 같았기 때문이다. 설령 추락한다고 해도, 처음에 떨어졌던 그 지점으로 다시 돌아올 수 있을 듯했다. 추락한다는 생각을 할 때 두려운 것은 날아오르는 것이 아니라 어딘가에 도달하는 것이었다. 날아오른다니, 여기서 그보다 더 좋은 것은 없었다. 나는 그것을 확인해보기 위해 이틀 전에 샀던 모리스 카렘의 시집을 집어 설욕하는 마음으로 던져버렸다. 책은 떨어졌다기보다 회전했다고 하는 편이 더 정확할 것이다. 나 자신 역시 회전하고 있었기 때문에 나는 책이 회전하는 경로를 제대로 파악할 수 없었다. 회전하는 책과 나는 두 개의 평행한 궤도에 배치된 듯했고 기준점이 없어 움직임을 가늠할 수가 없었다. 그 책은 마침내 위인지, 아래인지, 아니면 옆인지 분간할 수 없는 저 먼 수평선으로 사라져버렸다. 그 책은 아마도 나중에 계속해서 돌고 있는 수하물 중 하나와 만나 누구의 눈에도 띄지 않고 카트만두나 안타나나리보에 도착할 것이다.

캐리어가 이동되는 경로는 치밀하게 정해져 있는 듯했다. 분기점이 나올 때마다 캐리어는 조금의 지체도 없이 정해진 방향으로 이동했고, 레일이 갑작스럽게 분기되는 바람에 나는 균형을 잡기 위해 최대한 바닥에 몸을 웅크리고 있어야만 했다. 내 주변으로 손가방, 여행가방, 그리고 여러 가지 박스들이 규칙적으로 배치된 태양계의 행성들처럼 차례차례 잇따라 이동하고 있었다. 이러한 우주의 소용돌이 속에서 혼란에 빠진 나는 나 자신의 속도마저 인식하기가 어려웠다. 강철 빔들이 얇은 회색 필름처럼 내 눈앞을 스쳐갈 때야 나는 내가 제대로 된 방향으로 가고 있다고 느낄 수 있었다. 그때 나는 공항의 꽁꽁 숨겨진 비밀을 간파했다. 수하물은 이 공간에 골고루 배치되어 레일 위에서 이동하다가 곧바로 도착지까지 운반되었다. 어떤 보안 검색도 눈에 띄지 않았던 이유가 바로 그 때문이었다. 이 공간에서는 폭탄이 터진다고 해도 폭탄 그 자체만 파괴될 뿐이었다.

내가 탔어야 할 상트페테르부르크행 비행기는 평행 우주에서 나와 함께 이동하고 있었고 우리는 공항 도착동의 수하물 벨트에서 다시 만날 예정이었다. 비어 있는 내 자리를 보고 나를 찾아 비행기 복도를 샅샅이 수색하고 있을 승무원들의 당황한 표정을 생각하니 입가에 미소가 떠올랐다. 나는 BEATRX가 비밀을 누설하지 않을 것이라고 굳게 믿었다. 머릿속의 소음 없이, 유혹적인 광고 없이, 에로틱한 영상 없이, 권태나 욕망도 없이, 다시 찾은 자유를 만끽할 수 있는 몇 시간이 내게 주어졌다. 나는 캐리어 덮개를 활짝 열고 옷 뭉치 위에 앉아 캐리어 안에서 좀 더 편안하게 자리를 잡았다. 유일하게 머리를 밖으로 내놓은 덕분에 나는 되풀이되는 광경을 즐겁게 바라볼 수 있었다. 바깥 공기가 피부에 스치자 한결 기분이 나아졌다. 나는 아주 오래전부터 이리저리 흩어져 있던 나의 생각들을 하나씩 그러모으기 시작했다. 나는 그 생각들을 조금만 부주의해도 산산이 부서지는 진귀한 유물처럼 조심스럽게 다루었다. 아니나 다를까 처음에는 잠깐씩 정신이 산만해졌다. 트러플 파스타, 리넨 양복, 내게 허락되었던 엉덩이가 순간순간 떠올랐다. 그러다가 차츰 정신을 가다듬을 수 있게 되자 나는 죽음 이후 경험하지 못했던 평온한 감정을 느낄 수 있었다. 나는 이런 감정을 이토록 쉽게 다시 느낄 수 있다는 것에 놀랐다. 스키 타는 법을 한번 배워두면 언제든 다시 탈 수 있는 것과 비슷한 것이 아닐까 싶었다.

그제야 나의 처지가 선명하게 보였다. 나는 사는 동안 내게 주어진 수십 년을 허비해버렸다. 가정생활에서나 학교에서나 내 주변 사람들과의 교류를 차단하고 살았다. 인간의 모든 충동적 행위를 철저하게 배제하면서 나의 지출을 비롯해, 나의 경력, 나의 친교까지 꼼꼼히 따져가며 편집증적으로 질서를 유지하려 했다. 나는 이런 냉정한 공리주의를 내가 가르치는 학생들에게, 나의 연구 논문에, 결국에는 다른 이들의 삶을 좌지우지할 수 있는 사람들의 의식 속에 전파했다. 초원에 흐르는 시냇물을 좋아했으면서도, 뭐라 말할 수 없지만 어떤 정신의 혼란과 지적인 열망 때문에 나는 내가 지나는 길에 대형 쇼핑센터를 널리 퍼트려놓았다. 나는 충동을 억누르느라 엄청난 에너지를 소모했고, 그 바람에 나의 창조성은 완전히 망가져버렸다. 나는 내가 구축해놓은 세계를 저주하면서 또 다른 즐거움을 맛볼 수 있으리라 기대하며 어설프고 막연하게 나만의 오두막을 만들었다. 나는 사랑을 몸소 경험하려 하기보다 그 허상에 탐닉했다.

죽음을 맞고서야 나는 나의 위선을 마주했고 내 스스로가 만들어놓은 독배의 찌꺼기까지 모조리 다 들이켤 수밖에 없는 처지에 놓이고 말았다. 그것은 심지어 형벌이 아닌 그저 당연한 결말이었다. 죽음을 맞이하면서 자신이 한 행동의 결과를 어떻게 책임지지 않을 수 있겠는가?

캐리어 안에 꼼짝 않고 있던 나는 슬픔도, 회한도 느끼지 않았다. 나는 분명하고 확실한 결론에 도달했다. 이제 나에게 사라질 권리가 주어진 것이 아닐까? 마침내 계시가 왔다. 이 끔찍한 방황을 계속하는 것이 대체 무슨 의미가 있단 말인가?

레일들을 가만히 살펴보니, 어떤 레일들은 아래쪽에서나 위쪽에서나 대각선으로 시작되었다가 저 멀리서 사라지는 것처럼 보이는 곧게 뻗은 직선으로 이어지고 있었다. 이 특이한 구간에서는 어떤 캐리어도 이동하고 있지 않았다. 이 구간의 레일들은 필요한 것보다 더 많이 설치되어 있었고 규칙성이 없이 얽히고설켜 있었다. 캐리어들은 두 번 그 레일들 바로 옆을 스쳐갔다. 캐리어들은 분기점에 도달하자 그 레일들을 피해 계속 나아갔다.

나는 이 대각선 레일들을 이용하면 출구를 찾을 수 있을 거라고 확신했다. 그래서 그 레일들을 지켜보다가 캐리어를 움직여 그 위로 몸을 던질 준비를 했다. 그러나 불행하게도 내가 갈 길은 예측이 불가능했다. 그 길은 가까이 왔다 싶다가도 멀어졌고 또 가까이 왔다 싶다가도 완전히 다른 쪽으로 우회해버렸다. 나는 더욱더 정신을 집중했다. 대각선 레일을 다시 마주치면 절대로 놓쳐서는 안 됐다.

그동안 가볍게 흔들거리는 캐리어 속에서 마음을 가라앉힌 나는 차분하게 나의 죽음을 정리해보았다. 나는 내 뒤에 남겨질 사람들을 생각했다. 기다란 청소 브러시를 들고 푸근한 동네 아줌마 같은 미소를 짓고 있을 BEATRX. 좌석 업그레이드를 위해 맹렬히 분투하고 있을 밀턴 프리드먼. 약간의 질투 없이는 상상할 수 없는, 지옥에 온 신참들 품에 안겨 있는 XX43d5DfTz. 염세주의에 젖어 수 세대 동안 산책을 하고 있을 루이 16세. 이제 다시는, 영원히 다시는 만날 수 없을 테오. 그 노쇠한 얼굴이 나의 기억 속에 쓰라린 후회로 남아 있을 내 아들 테오. 거친 태도와 두 갈래로 갈라진 악마 같은 발에도 불구하고, 자신의 이기적인 욕망에 몰두한 그 모든 익명의 망자들보다 더 많은 추억을 내게 남겨준 모든 붉은색 유니폼의 직원들까지 하나하나 다 떠올랐다. 직원들의 냉혹함은 그 자체가 이타주의의 한 형태로, 어쨌든 이런 상황에서는 그저 무관심한 것보다 차라리 더 나은 것이었는지도 몰랐다.

저 멀리서 다음번 대각선 레일이 오고 있었다. 나는 침착하게 준비했다. 실패할 수도 있다는 생각은 하지 않으려 했다. 나는 목표 지점에서 멀어지지 않았고 분기된 레일들이 차례로 지나갔다. 비디오 게임을 하며 100분의 1초라는 결정적인 순간에 버튼을 누를 준비를 하고 있는 기분이었다. 지난 수 세기에 걸친 격렬했던 성생활은 어쨌든 고맙게도 나의 반사 신경을 발달시켜주었다. 모든 것이 계획대로 흘러갔다. 나의 강력한 집중력이 시간을 늘린 것도 아닐 텐데, 심지어 캐리어의 움직임이 느려지는 것 같았다. 이제 열 개 남짓한 빔들만 남았다. 나는 몸을 앞으로 숙이고 점프를 하기 전의 고양이처럼 엉덩이를 들썩거렸다. 분기점에 다다르기 몇 미터 전, 캐리어를 이탈시키기 위해 체중을 옆쪽으로 실었다. 캐리어가 약간 흔들렸지만 그것으로 충분하지 않았다. 나는 온 힘을 다해 몸을 던졌다. 캐리어는 간신히 위로 살짝 튕겨졌다가 이내 다시 레일 위로 떨어졌다. 대각선 레일은 내 눈앞에서 지나가버렸다. 이토록 정교하게 조정된 레일들의 차이를 구분하기에는 속도가 너무나 빨랐고, 관성이 너무나 컸다.

내 운명을 한탄할 시간이 없었다. 이런 기회는 분명 다시 오지 않을 것이었고 상트페테르부르크 공항 수하물 수취대에 도착하기 전에 행동에 돌입해야 했다. 실패한다는 생각만으로도 너무나 끔찍했다.

나는 힘을 그러모아 체계적으로 생각을 정리했다. 내가 쉽게 접근할 수 있는 물리적 법칙이 통하지 않았기 때문에, 나는 이 거대한 메커니즘의 핵심이 무엇인지를 파악해야 했다. 아무도 들어갈 수 없다고 생각했던 무대 뒤 공간에서 지옥의 원리, 그러니까 이 움직임의 비밀을 알아내지 않는다면 무엇을 알아내겠는가?

수백만 개의 레일 위에 놓인 수백만 개의 가방을 이동시키는 움직임. 우리를 늘 이 탑승구에서 저 탑승구로 가도록 강제하는 움직임. 이미지와 유혹으로 우리의 뇌를 가득 채우는 움직임. 지옥에서 빠져나간다는 것은 긴

급 정지 버튼을 발견하는 일이었다. 그렇다면 수하물 벨트를 어떻게 정지시킬 수 있을까? 모든 아이들이 그 방법을 알고 있다. 바로 그 위에 앉는 것이다.

그래서 나는 한 치의 망설임 없이 캐리어 바깥쪽 손잡이를 잡고 서서히 몸을 일으켰다. 공기의 저항이 강하게 일어나 똑바로 서 있으려면 온몸의 근육을 긴장시켜야 했다. 그렇게 하고 있으니 반대 방향으로 눈 깜짝할 새 지나가는 수하물들이 놓인 아래쪽 레일이 훨씬 더 잘 보였다. 나는 현기증을 참아야 했고 급커브를 도는 곳에서는 더욱 끈질기게 버텨야 했다. 그러나 나는 이내 메스꺼움을 느껴 구토를 시작했고 토사물이 공간 속으로 흩어졌다. 나는 더 이상 불편한 자세로 있을 수 없었다. 나를 돌봐줄 사람도, 메스꺼움을 진정시켜줄 약도 없었다. 그런데 역설적이게도 그 순간 나는 어떤 희열을 느꼈는데, 이런 상황에 낙담하기는커녕 오히려 더 담대해졌기 때문이다.

나는 곧바로 행동으로 돌입해 캐리어에 한 발을 걸치고 다른 한 발을 컨베이어 벨트 위에 올려놨다. 머리 위로 강철 빔을 진동시키는 사이렌이 울리는 듯했다. 그때 나는 캐리어 손잡이를 놓고 나의 삶, 나의 죽음, 나의 과거, 나의 희망까지 그 모든 것을 걸고 어마어마한 노력을 기울여 캐리어 바깥으로 튀어나와 컨베이어 벨트 위에 퍽 하고 엎어졌고, 회전력에 의해 그 위에 바싹 들러붙었다. 정강이뼈가 어떤 금속에 부딪힌 것 같았고 미칠 듯한 고통에 길게 비명 소리를 내지름과 동시에 브레이크의 요란한 끼익 소리가 들려왔다.

모든 것이 멈춘 것은 바로 그때였다. 적막이 단두대의 칼날처럼 툭 하고 내려와 세상을 덮쳤다.

나는 완전히 패닉 상태에 빠졌다. 더 이상 다리의 감각이 느껴지지 않았고 저릿하고 욱신거리는 극심한 통증만 느껴질 뿐이었다. 다리에 손을 대자 손이 피로 흥건해졌다. 나는 사라져 없어지기 위해 눈을 감았다.

아주 오래전부터 존재한 지독하게 근엄한 어떤 음성, 인간의 온갖 고통에 대한 응답과도 같은 떨리는 그 음성이 들리기까지 몇 초, 몇 달, 몇 세기가 흘렀을까?

"끌어내세요." 그녀가 대뜸 말했다.

"하지만 심판관님, 저 사람이 쓴 대출은요?" 저 멀리서 누군가 대답했다.

"저런 루저는 이쯤에서 손절하는 게 좋아."

그리고 나는 이 달콤한 상태, 다시는 절대로 경험하

지 못할 것이라고 생각했던 불완전한 소멸의 상태에 빠졌다. 그것은 바로 꿈 없는 잠이었다.

9장

그곳을 통해 우리는 밖으로 나와,
별들을 다시 보았다네
《신곡》 제34곡

눈을 뜨기도 전에 감각들이 하나둘 깨어났다. 가장 먼저 깨어난 감각은 촉각이었다. 나는 울퉁불퉁한 땅 위에 누워 있었는데, 어떤 곳은 거칠었고 또 어떤 곳은 부드러웠다. 땅 위를 매만지니 손가락 사이에 모래 파편이 끼었다. 내가 놀란 건 무엇보다도 냄새 때문이었다. 나는 조향사가 만든 섬세한 향기에 너무나 익숙해져 있었기 때문에 부식토, 해초, 소금기가 섞인 날것의 냄새를 맡으니 질식할 것만 같았다. 나는 밀려오는 무기질에 기꺼이 내 몸을 내맡겼다. 수천 가지의 미묘한 바람 소리가 내 귀를 간지럽혔다. 땅 위에 대고 뺨을 부비니 조금씩 내 몸이 물질계로 되돌아왔다.

내 눈에 처음으로 들어온 것은 풀잎들이었다. 여러분은 풀잎들을 가까이서 본 적이 있는지 모르겠다. 이 빽빽한 풀들 중에서 어느 하나 똑같은 풀들이 없다. 이제 막 돋아난 수줍은 풀들, 산들바람에 발랄하게 흔들리는 풀들, 자기 안으로 몸을 굽힌 곱사등이 풀들, 거만하게 주변을 살펴보는 호리호리한 풀들, 엉덩이가 커다란 아주머니 같은 옅은 초록빛의 풀들, 이미 누렇게 변해 죽어가는 풀들, 하늘을 향해 날 선 칼날을 휘두르는 근위병 같은 풀들, 굵은 이슬방울을 떨구며 울고 있는 풀들까지, 모두 제각각이다. 풀들에 매료된 나는 정지된 이 시간을 만끽하며 줄곧 그렇게 있었다.

정강이뼈가 다시 욱신거렸다. 나는 중력 상태에 있는 우주 비행사처럼 무거운 몸짓으로 팔꿈치를 지탱해 몸을 일으켰다. 풀밭에는 피가 흥건했고, 진홍빛 피는 엇갈려 흐르는 물줄기처럼 땅 위에서 평온하게 흐르고 있었다. 튀어나온 돌 위에 충격의 흔적이 분명하게 남아 있었다. 내가 떨어진 곳이 바로 저기리라.

"괜찮을 거예요. 부러진 데도 없고."

나는 고개를 들었고 비로소 노파를 볼 수 있었다. 노파는 숄을 두르고 있었고 그 때문에 쭈글쭈글한 얼굴이 가려졌지만 무표정한 얼굴에도 여전히 빛나고 생기 있는, 그 장난기 어린 눈빛만은 여전했다. 노파는 성글게 짜인 숄을 내리고는 내게 팔을 내밀었다. 나는 선뜻 그 팔을 잡지 못했다. 노파는 다시 팔을 내밀었다. 처음에 나는 엉거주춤 노파에게 기댔지만 노파의 커다란 덩치를 확인하고는 노파를 지렛대처럼 이용해 몸을 일으켰다. 자리에서 일어나니 피오르의 흑백 풍경과 끝없이 펼쳐진 황야의 울퉁불퉁한 구릉들이 보였다. 바다 위로 구름이 몰려왔다. 폭풍을 감지한 양들이 메- 울기 시작했다.

"여기는…… 여기는……." 나는 더듬더듬 입을 뗐다.

"음, 그래요. 여기는 천국이에요." 노파가 무덤덤하게 대답했다.

"말도 안 돼!"

"여기서 말이 되는 일은 아무것도 없어요. 모든 일은 불가항력이지. 아, 요즘 젊은이들은 도대체 만족을 모른다니까!"

"그럼 테오는요?"

"테오도 올 거예요. 때가 되면. 자 들어갑시다. 그래도 소독은 해야지."

우리는 팔짱을 끼고 굴뚝에서 연기가 피어오르는 두꺼운 검은 벽돌집으로 묵묵히 걸어갔다. 고요, 노년, 그리고 죽음이 우리를 기다리는 그곳으로.

지옥

초판 1쇄 발행 2022년 8월 20일

지은이 가스파르 코에닉
옮긴이 박효은

펴낸이 김진규
책임편집 또박편집공작소
디자인 손주영
경영지원 정동윤

펴낸곳 (주)시프 | 출판등록 2021년 2월 15일(제2021-000035호)
주소 경기도 고양시 덕양구 권율대로668 티오피클래식 209-2호
전화 070-7576-1412
팩스 0303-3448-3388
이메일 seepbooks@naver.com

ISBN 979-11-92421-06-3 03860